# 血汐笛

## 上巻

柴田錬三郎

# 目次

# 血汐笛

上巻

# 花の宵

春が匂う――そんな宵であった。

事実、ながくつづいている土塀ごしに、枝をしげらせている梢《こずえ》では、おぼろ月の光に、木蓮が、ぽってりと厚い大きな白い花びらをひらいて、いい香りをはなっていたのである。

宵といっても、このあたりは、武家屋敷ばかりで、人通りは、陽が落ちるとともに、絶えるのであった。

えいほう……

えいほう……

駕籠《かご》の掛声が、ずいぶん遠くからきこえて来たのも静寂がふかかったからである。

やがて――。

駕籠は、木蓮の花の下にさしかかった。

と――、その塀の端につけられた裏木戸から、音もなく、数個の黒影がさっと躍り出た。

駕籠かきが、そのまま、そこへ乗客をのこして、すばやく、うしろへしりぞいたのは、あらかじめ約束してあった証拠であった。

黒影は、いずれも顔をつつんだ武士たちであった。

駕籠をとりまいて、一人が垂れをはねあげた。

「出い！」

ひくく、するどく命じたが、中の者は、ちょっとの間、しんとしていた。

「出ぬか！」

ふたたび、叱陀《しった》をあびせられて、はじめて、

「あなたがたは、どちらのお人です？」

と、きいた声は、若い女のものだった。

美しく澄んで、しかもおちついた声音《こわね》であった。

「なんでもよい。出い！」

「父が、支配頭様のお宅で倒れたと、迎え駕籠を寄こしたのは、あなたがたの、からくりだったのですね？」

カンもするどい持主らしかった。

「左様だ」

「父は、どうなりましたのでしょう？」

「いずれ、わかろう。………ええい、出ぬか。早くせい」

こたえて、すらりと、地上に立ったのは、駕籠の肩棒にさげられた提灯の明りをうけて、左様、頭上の花びらにもまさる、匂うように白く美しい細おもての武家娘であった。

「手むかいすると、痛い目にあうぞ！」

一人が、おどしつけた。

娘はだまって、一人一人を見やっていたが、ふいに、

「あなたがたは、父を殺したのではありませぬか！」

と、いった。

武士たちは、一瞬、――めんどうな、と目くばせをした。

二名が、一歩迫ったせつな、娘の右手には、懐剣が抜きはなたれていた。

「たわけ！　その細腕で、逃げられると思うか！」

一人が、あざけった。

すると――。

「あいにく、ここに助勢がいる」

しずかな冴えた声が、後方からひびいて来た。

武士たちは、本能的に、ぱっと身を移して、その声の主へ、対した。

黒の着流しの、浪人ていであった。

まだ若い、月明りに、微笑をうかべているのが、不敵であった。

ゆっくりと二歩あまり出て、

「おことわりしておくが、その娘さんに助勢するのは、義を見てせざるは勇なきこと、などという了簡だからではない。八十のお婆さんなら、好んで、危いまねはしないかも知れぬ。娘さんが、たいへんきれいだからだ――ということだ」

秀麗な顔に似ないひねくれた言い方である。

武士たちは、無言で、すすっと、半円につつんで、一斉に抜刀した。

若い浪人者はふところから手をぬいたが、まだ刀へかけようとせず、

「斬られてもやむを得ぬような蔭の仕事にたずさわっているご連中とみたが、どうか？」

と、またにくまれ口をきいた。

それにこたえるかわりに、正面の敵が、大上段にふりかぶって、つまさき刻みに、じりっと迫った。

浪人者は、左手を、刀のくりかたへ添えると、ひくく、

「よし！　斬る！」

と、つぶやいた。

せつな——。

正面の敵が、

「やあぁっ！」

満身の殺意を、その一撃にこめて、地を蹴った。

同時に、浪人者の腰から、白光が噴いて出た。

　次の瞬間、攻撃者は、したたか胴を薙《な》ぎはらわれて、どどっとよろめいていたし──。


　浪人者は、次の敵へむかって、血ぬれた白刃を、ぴたっと、青眼につけていた。

　すさまじい迅業《はやわざ》であった。

「次は、あなたか？」

　皮肉な口調も、依然たる冷静なひびきをもっていた。

「えいっ！」

　かっとなった対手が、猛然と斬り込んで来たが、浪人者は、まるで道場稽古でもしているように、

「とおっ！」

　と、気合もろとも、その肩をぞんぶんに割りつけておいて、さらに、第三のいけにえをえらんで、切先をつきつけていた。

「引けい！」

　指揮格らしい男が、叫んだ。

　さっと、道を左右に、走り去る敵たちを見送って、

「逃げかたは見事だな」

と、笑ったものである。

武家娘は、大きく目をひらいて、この白面の浪人者の、みごとな腕前に息をのんだまま、駕籠わきに立ちつくしていたが、対手が刀身をぬぐって、鞘《さや》におさめるや、われにかえって、

「危いところをおたすけ下さいまして、有難う存じました」

と、ていねいに、礼をのべて、頭を下げた。

その島田に、いちまい、木蓮の花びらが散りかかっているのをみとめ、浪人者は、つと手をのばして、それをつまみとった。

「いい匂いだ」

「え？」

いぶかしげに、またたきする娘へ、にことしてみせて、

「花の匂い、そして、あなたの匂いだ。美しいものは、匂いもいい。だから、これを散らそうとする悪いやつらがあらわれる。花にあらしのたとえもござる。用心されい」

云いのこして、浪人者は、ゆっくりと歩き出した。

「あ、あの、もし――」
娘は、あわてて、呼びとめた。
「ご尊名をおきかせ下さいませ。すえながく、心に刻んで、おきとうございます」
と、たずねられて、ふりかえった浪人者は、
「きらら主水《もんど》――但し、他人様がかってに呼び馴らしてくれたあだ名です。本姓は、忘れた――ことにしておく」
「わたくしは、旗本小普請《こぶしん》組相馬修之進のむすめ由香《ゆか》と申します」
「由香――さんか。
　相馬の名馬は
連銭葦毛《れんせんあしげ》
　つけた名まえが
由香とかや
由香りの花の白木蓮
小枝かざして奥由香し
さてはや、みごとな

あで姿
置いたお鞍《くら》は、金の鞍
紫手綱で
はいのはい、か——

はははは」

即興の小唄を口ずさみながら、遠ざかりかけたが、何を思ったか、つと、踵をめぐらして、つかつかともどって来るや、真面目な小声で、

「お送りいたそう」

と、云って、駕籠の提灯の火を、ふっと吹き消した。

由香は、対手の口調としぐさで、まだ物蔭に敵影がひそんでいるのだ、とさとった。

「申しわけございませぬ」

頭を下げて感謝すると、

「なあに、春宵、美人をつれての、そぞろあるき——男冥利につきるというものです」

きらら主水と名乗る浪人者は、由香と肩をならべて、数間、だまって歩いてから、背後をふりかえり、敵の気配が失せている様子に、

「どうやら、あきらめたようだな」

と、つぶやいた。

由香は、うつ向いて、父のことを考えていた。やさしい父であった。昨年、母が逝ってから、一層やさしくなったようである。由香は、叱られた記憶がひとつもなかった。

「そなたが、叱られるような娘でないからだ」

由香が、お父上はやさしすぎます、と云った時、父は、そうこたえてから、急にあらたまって、

「叱りつけたい、わがままもしてほしかったと思う」

と、独語のように云ったものだった。

じぶんほど幸せな娘はいない、と思っていた由香である。そうだ、母が逝くまでは、本当に、幸せだった。

相馬家に、不幸の翳《かげ》がさしたのは、母が病床に臥した昨年の春からである。

その頃から、父の挙動に、由香に知らせまいとする秘密な暗い部分ができたようであった。

病床の母にむかって、父が、なにか、真剣な面持でささやいていて、由香が入って行

くと、すぐ中止してしまったことがある。

それまでは、相馬家では、親子のあいだに、みじんも秘密はかくされていなかったのである。

由香は、敏感に、父母がかくそうとしているのが、じぶんに関する事柄なのだ、と察知したのであった。しかし、それは、気づかぬふりをしなければならないのだ。とじぶんに云いきかせ、また、そうして来たのである。

母が逝ってから、父が一層由香に対して、やさしくなったことは、さきにのべたが、片面、父はひとりでいる時、ふかい苦悩の色を、おもてにあらわすようにもなっていたのである。

由香は、けなげにも、知らぬふりをすることに堪えて、父に、まごころをこめて、つくしてあげて来た。

武士の家というものは、子女は家長の胸中に立入ったり行動に対して、批判の口をさしはさむのをゆるされていなかったし、たとえ批判してもとりあげられることはなかった。そういう時代であった。

だから、今日、父が、支配頭《がしら》からの呼び出しを受けて、出て行く時に、ふと、不吉な

予感がしたものの、

「お行きにならないで下さい」

と、止められなかった由香である。

――あのやさしい父上は、もうこの世の人ではないのであろうか？

ほっと、微かについた溜息がきこえたのか、きらら主水が、顔をむけた。

「お父上が、殺された、とお考えなのか？」

由香は、この見知らぬ浪人者に、本当のことをうちあけていいものかどうか、ちょっと迷った。

すると、相手は、敏感に、そのためらいを察して、

「いや、べつに、わたしは、好奇心の強い方ではない。ただ、事のついでということがある。乗りかかった舟ともいう。――もし、あなたのお父上の生命がすくえるものなら、わたしが、そこへ行ってさしあげてもよい、と考えたのです」

「ありがとう存じます。……でも、父は、たぶん、もう――」

「殺された？」

「は、はい――。父はその覚悟を、ずうっと前からしていたのだと存じます」

「ならば、お宅へ帰って、さがせば、遺書が置いてあろう」

ふいに、由香の双睦から、泪があふれた。気強いといっても、十九の乙女であった。いま、父をうしなったならば、由香は、たよるべき人をこの世に一人ももたぬ孤児となるのだ。

きらら主水は、月あかりに、由香の泪《なみだ》をちらと見やって、

「弱ったな」

と、つぶやいた。

由香は、あわてて泪をぬぐうと、

「申しわけございませぬ。わたし、ひとりで帰れますから――」

と、云った。

「いや、そんな意味で、弱ったと云ったのではない。あなたの御一家にふりかかった災難について、わたくしの身心を働かせてみたくなったのです。袖すりあったご縁に、あなたのような美しいひとを泣かせる敵と、ひとつ、たたかってみるか。……それとも、わたしのような風来坊を味方にしたら、ご迷惑ですか?」

「いえ、そんな――」

由香は、悲しみにとざされた胸中に、この若い浪人者の爽やかな声が、ふしぎに、心よいひびきを送りこんでくるのを感じた。

で、つい、ぽつりと、

「わたくし、ひとりぼっちになりました」

と、つぶやいてしまった。

「おたがいさまです」

「え？」

「わたしも、親もきょうだいもない。だから、自分勝手にしたい放題のことをして、世間に背を向けている。もともと、ひねくれるようにできている性格なのだろうから、無頼になったのを、境遇のせいだとはいわないことにしよう。ただ、どうにも、自分で自分をもてあましていることはたしかだな。……ただ、たったひとつ取柄がある」

「……」

「不幸な美しいひとに滅法親切である――これだ。ははははは」

由香に、この若い浪人者が、すこしでも、こちらの悲しみをまぎらわせてやろうと心をつかってくれているのだ、とわかった。また事実、こうしてより添っていることが、いまの由香にとってすくいとなっていた。

沈黙のつづく、長い道のりであった。いや、由香にとっては、知らぬ間に辿《たど》りついた短い道のりであったかも知れぬ。

ふと、われにかえって、

「あ——、そこをまがったところが、わたくしの家でございます」

そう云ったとたん、由香は、つき落されるような淋しさに身をしめつけられる思いがした。

——ここで、この方とおわかれすれば、わたくしは、ほんとうにひとりぼっちになってしまう。この方は、たすけてやろうと、仰言っているのだから、思いきって、おねがいしたなら?

由香は、しかし、心の動きとは、はんたいに、

「どうも、有難うございました」

と、礼をのべて、同じ構えの小屋敷のならんだ小路へ、とぼとぼ入って行こうとした。

「お待ちなさい——」

その声が背後からかかるや、由香は、それを待っていたように、足をとめて、ふりかえった。じぶんのひとみが、心から相手にすがろうとして、輝くのを、由香は、もう理性で抑えるすべもなかった。

きらら主水は、ゆっくりと近づくと、

「わたしは、小僧の時から、直感を大切にしている。……あなたが、じぶんの家へ戻るのは危険だ、と直感した。あなたは、もう、家へ戻ってはならないのではないか？　あなたのご一家をいためつけた連中が、このまま、ひきさがる筈はあるまい。あなたをかどわかそうとする目的が何か知らぬが、お父上を殺してまでの荒仕事ならむこうも相当の覚悟だと思われる」

「はい――」

由香は、この方の仰言るとおりだ、と思った。

――わたくしは、この方にすがればいいのだ。わたくしのこれからの生涯は、この方にすがることできまるのではないかしら？

とっさに、由香の方には、そんな直感が湧いたのである。

「お宅には、誰がいるのです？」

「中間《ちゅうげん》が二人と女中が一人、留守居いたして居ります」

ほかに、若党が一人いるのだが、これは、父の伴《とも》をして行ったのである。

「あなたが、持って来て欲しい品はないか？　着物をぜんぶなどといわれると少々厄介だが、まとめておいて、明朝はこんでもいい」

「いいえ、そんな——。父の書置きがございましたなら、それと、母の位牌と……それだけでよろしいのでございます」

「承知した」

主水は、由香を、ずうっと離れた場所に待たせておいて、すたすたと相馬家へ入って行った。

玄関を避けて、植込みを抜け、庭へまわった主水は、母屋の雨戸が一枚はずされているのを見て、闇の中で、眼光を鋭いものにした。

屋内はひっそりとしてなんの気配もない。

きらら主水は、刀の鯉口をきって、すうっと、音もなく、廊下に立った。

由香の話では、中間二人と女中一人がいるというのに、この寂莫《せきばく》は、かえって怪しむに足りた。

主水には、跫音《あしおと》を消してあるく習練ができていた。

ものの二間も、闇の中をすすんだろうか。

ふいに遠くで、かちっと燧石《ひうちいし》を切る音がしたかと思うと、つきあたりの場所が、ぼうっと仄赤く浮きあがった。

障子の開かれた部屋から、灯が流れ出て——手燭であろう、そのあかりが動くにつれて、ひとつの巨大な影法師が、廊下へはい出た。

主水は、その首が、ぬすっとかぶりの町人髷《まげ》であるのをみとめた。

——はてな？

由香を襲った武士たちの仲間が、こちらへまわったのではないか、と主水は考えていたのである。

——ちがうらしい。

あの連中とは別に行動している何者かだな、と直感された。

あの連中の仲間ならば、相馬修之進を殺し、その娘を捕えた、という安心感によって、もっと堂々と家さがしをしている筈であろうし、一人だけということはあるまい。

——ただの、物盗りという筈はない。

主水に、想像されたのは、この相馬家には、なにか重大な秘密があり、そこを、ねらう敵がひと組だけではないらしい、ということだった。

主水が、のそりと、その部屋の前に立った時、奇怪であったのは、手燭を持った男の態度であった。黒ずくめの職人のいでたちをしたその男は、部屋のまん中から、しずかに、ぬすっとかぶりの首をまわして、じっと主水を見かえしただけであった。

おどろきもしなければ、身がまえもしない不敵さであった。手燭も、つけたままである。

「貴様、賊か?」

主水がきめつけると、対手は平然として、

「そういうことになりましょう。無断でふみ込んで、使用人たちをしばりあげたのですから――」

と、こたえたものである。

「この家の不幸を知っていて、忍び込んだな?」

「知ったからこそ、急いで忍び込んだ、と申上げましょうか」

「同じことではないか」

「いいや、大いにちがいますよ」

手拭いのかげの、切長な澄んだ双眼が、微笑した。

「どうちがう?」

主水は、一歩ふみ出した。

盗賊は、しかし、その位置を動こうともせず、

「相馬さんを殺した御一統が、この家へふみ込んで来る前に、こちらが頂戴しておかなければならない品がありましたのでね。……つまり、相馬さんが殺されたのをさいわいに、というわけではございません。できるなら、相馬さんを生かしておいてあげたかった。それが間にあわなかった、という次第で——」

「その品とは、なんだ?」

「ご存じない? これは、おどろきましたな」

こちらを見くびっているのではない証拠には、その静止の姿をみじんの隙《すき》もないものにしているので、あきらかであった。

ただ、口調だけ、日常の会話を交しているのとすこしもかわらぬ穏やかさをもって、

「あなた様も、相馬さんのかくしたものをさがしにおいでになったと存じましたが

「――」

「ちがう！　おれは、娘の方をすくったのだ」

「ほう……それは、結構でした。どうせ、その役目も、てまえがやらねばならんと考えていたところでございました」

「いったい、貴様は、この家の敵か、味方か？」

「どちらでもございません」

この返辞は、若い浪人者を、不快にするものだった。

「その品を、貴様、もう手に入れたのだな？」

「あいにく、あなた様の出現が早すぎたということになります。相馬さんの遺書だけは、頂戴いたしました」

「娘に宛てた遺書であろう？」

「左様で――」

「出せ！」

「てまえは、賊だと申上げております」

主水は、ふっと、目を細めた。

全身から、殺意が放射して、盗賊にあびせられた。

「斬られてもよいか――」

「それは、まっぴら、ごめんを蒙《こうむ》ります」

「おれの剣を防ぐ自信があるか？」

「やってみなければ、わかりますまい」

主水は、相手の自若《じじゃく》たる態度に、一種の満足をおぼえた。

――ただ者ではない！　おれの全生命をもって、ぶつかるに不足のない敵だ！

卓抜なる天禀《てんぴん》をもつ若い剣客が、はじめて、互角にたたかい得る強い対手を見出したのである。

まさしく――この盗賊は、町人姿に身を変えているが、素姓を洗えば、武門の士に相違ない。

「おい、その床の間から、刀をとれ」

主水は、云った。

盗賊は、じっと、主水の刺すようなまなざしを受けとめていたが、無言で、すっと床の間に寄ると、手燭をそこへ置き、刀架《か》けから、相馬修之進の差料の短い方をえらんだ。

主水は、ふっと苦笑して、

「おれを、殺さぬように斬る慈悲心で、小刀をえらんだか？」

「てまえはまだ、人をあの世に送ったおぼえはありませんし、これからも、よくよくの場合ではない限り、そうしたくないものだと考えて居ります。あなた様は、殺すには惜しいお人のようだ」

「盗賊ずれから、慈悲は受けぬ」

「いや、なにぶんにも真剣試合のことゆえ、てまえの念願通りには参りますまい。万が一の、供養のために、お名前をおうかがいしておきとう存じます」

「きらら主水」

「偽名でございますな」

「貴様の方も、本名を名乗る筈があるまい」

「これは一本やられました。てまえの名は、左様、笛ふき天狗とでもおぼえておいていただきましょうか」

「承知した」

一瞬の後――。

凄絶の殺気が、十畳の座敷にみなぎった。

間合九尺。

きらら主水の大刀は右脇に引きつける地摺り下段、盗賊の小太刀は片手青眼――。

それなり、幾分間かの、絵に入ったような固着状態に入った。

主水も、

――これは！

と、内心驚嘆したし――。

笛ふき天狗の方もまた、

――できる！

と、胸裡で捻っていた。

両者は、全世界を、この間合に凝縮し、力の可能をその静止のかまえの中で必死にためして、ただ一度のまばたきもしなかった。

と――。

主水の下段剣が、敵の青眼切先《きっさき》を中心として、左上方へぴくっと斜線を刎《は》ね上げた。

燭光をはじく、その白閃に、異常の誘いがあった。——すなわち、主水のきらら剣法とは、これであった。

「えいっ！」

「おうっ！」

波濤へ波濤がぶっつかる——その飛躍をみせたふたつの闘志の塊りは、次の瞬間、ともに右へ——斜横に、跳びちがっていた。

そして——。

もとの構えに戻った時——。

主水の右の手くびからは、鮮血がふいていた。

それから、笛ふき天狗の面をつつんだ手拭いは、結び目を両断されていた。その左頬には、朱の横笛が、鮮かに描かれていたのであった。

ふっと——。

このふしぎな盗賊の顔に、あかるい微笑が刷《は》かれた。

「勝負は、次の機会まであずかりにする——いかがでしょう」

主水は、しかし、軽傷ながら、おのれの血を流した屈辱で、らんらんと、まなこを炎

にして、

「おれは、明日という日を考えぬ男だ。生死を、この一瞬に置いて、悔いはせぬ。それに、外に待たせている娘に、父親の遺書を持って来てやる、と約束もしている」

「あいにくでございますが、勝負を中断するのは、てまえ自身の希望ばかりではない、と申上げなければなりませぬ」

「なんだ？」

笛ふき天狗は、こたえるかわりにおもてへ神経をくばるがいいと、合図してみせた。

「お——」

主水が、あらたな殺気を加えて、

「来たか！」

と、口走ると、笛ふき天狗が、しずかな声音で、

「お止しになることです。いたずらな殺生は、つとめて避けた方がいいと存じます。たとえ、斬りすててもかまわぬ相手であってもです。人間が人間の生命を奪って、後味のよかろう筈がない。まして、前途のはるかなお若いあなたが、自らすすんで、学んだ剣に汚点をつけられるのは、おろかというものです。剣は、あくまで、おのれの生命をま

もるためにあるものだと存じます」

と、たしなめておいて、すばやく、手燭の灯を吹き消した。

「おさきに、裏から出てお行きなさいまし。あとはてまえに、おまかせねがいましょう」

闇の中の声は、妙に、威厳があった。

——盗賊ずれが、小ざかしげな説法をほざく！

その反撥がなかったわけではない。しかし、主水は、敵の群が庭に入って来た気配によって、たった今までの敵が味方にかわる奇妙な立場に置かれて、なんとはない親しみに似たものをおぼえたのである。

「おぬしは、どうするのだ？」

「あなた様なら、二人や三人はお斬りにならなければ、気がすまないかも知れませぬが、てまえは、あなた様のような強い敵が交って居らぬかぎり、血を見ずに退散する方法は心得て居ります」

主水は、逃げる肚《はら》をきめた。

「また、どこかで、会うだろうな」

その声音には、いくぶんかの好意が含まれていた。

「たぶん、そうなりましょう。……相馬さんのお嬢さんに、笛ふき天狗という変な男が忍び込んでいたが、べつに、敵の側に立っている奴ではないらしい、とおつたえ下さいまし」

その言葉を別れの挨拶にして、主水を裏手から送り出しておいてこの男は、不敵にも、庭へむかって悠々と歩き出していたのであった。

# 迷い舟

明け六つを知らせる浅草寺の鐘の音が、朝霧のこめた川面をわたって、ひびいて来た。

霧が濃いせいか、世間は、まだねむりからさめていない。

風もなく、空は今日も美しく晴れているようである。

うごいてやまぬ霧が、やがて、川面から散った時、澄んだ水を、ゆっくりと掻く艪《ろ》の音が、大川をのぼって来た。

屋形船である。

石川島の御用地と、永代橋のちょうどまん中のあたりである。

こぎ手はむこう鉢巻をしているが、船頭ではない。喧嘩っ早そうな、いなせな兄いである。
「やけに、水が重いぜ、こん畜生、春になると、水までが、とろんとしてやがら」
と、ひとりごちてから、ひくく小唄をうたいはじめた。
ぐちが昂《こう》じて
せなかとせなか、とくらあ、
こちらむかせて、引きよせて
つねってみても
こぐ舟の
あだし仇波浮気づら、か――
「おーい。姐さん――」
屋形の内へ、声をかけた。
「ねむっているのかい?」
「いいえ――。なんだい、伊太さん」
ききかえしたのは、きれいな張りのある女の声だった。
「舟を、諏訪《すわ》町へ着けるのは、どうも面白くねえや、一晩、釣糸をたらしていて、小指ほどのやつが、たった三尾たあ、どうにもこっぱずかしくて、恰好がつかねえから、柳橋へ寄って、迎え酒をひっかけて景気をつけようじゃねえか」

「うん。それもいいね。でも――」

「でも――なんでえ？」

「相手がお前さんじゃ――」

「ちぇっ、ごあいさつだ。どうせ、そうでござんしょう。……姐さん、おめえ、さっきから、片想いにふけっていやがったな」

「あいよ、たばこをすいつけて、ぼんやりとね――」

障子のすき間から、青い煙が流れ出るのを見やりながら、兄いは、くびをふった。

こんどは、女の声が、小唄をくちずさんだ。

　夢の手枕、つい夜があけて

　わかれたばこの

　思いのけむり

　思う方へと、なびきよる

「よしな、姐さん、いくらこがれたって、あの浪人者は、どうにもならねえやな。浮世をすねて、いってえ、何を考えてやがるんだか、見当もつかねえや、あの、きらら主水って野郎は——」

この時——。

障子が、さらっとあけられて、ひょいと若い女の横顔がのぞいた。

切長のすずしい目もと、細く通った鼻すじ、きりりとしまった口もと、粋で鉄火な辰《たつ》巳《み》女を代表している——いわば、すみだ川の水面に映すにふさわしい江戸前の美貌であった。

「伊太さん、おまえ、ほんとに、主水の旦那は、あたしなんかに目をくれない、と思うかい？」

遠いまなざしをひっそりと横たわった大川端へなげながら、たずねた。

「ああ、あいつはいけねえ、あいつは、剣術は滅法つよいが、ほかのことは、なにを愉《たの》しませてやろうとしても、さっぱり反応のねえひねくれ野郎だ」

「そうだねえ。でも、そこがいいんじゃないか。どうせ、こっちだって、見むきもされないのに、意地になって惚れちまったんだ。いまさら、あとへひけないやね」

「ということにならあ、こうなる縁のはじまりは、か——去年の秋の御祭礼、芝の神明の境内で、と来た」

左様、その境内で、女は、きらら主水にひと目惚れしたのである。

女は、小えんといい、もと深川で嬌名《きようめい》を馳《は》せた芸妓で、いまは、踊りの師匠をしている。べつに、旦那を持ったわけではなく、ふとしたことで、芸妓稼業にいや気がさして、足をあらったのである。

こうと思いたったことは、つらぬかずには、すまさぬ気性であった。

兄いの方は、庖丁一本を手拭いでくるんで、料亭を転々としている渡り職人で、伊太吉という。腕はいいのだが、短気が損気で、どの料亭でも、喧嘩沙汰をひきおこして、とび出すはめになるのであった。

小えんと伊太吉は、数年前から、親しい友だちづきあいをしていた。

去年の秋の芝神明の祭礼に、二人つれだってお詣りした際――。

顔見知りのさる大名のお留守居役が、小えんを見かけて、むりやり、近くの料亭へひっぱって行こうとしたので、伊太吉が、かっとなり、

「てめえのようなひょうたれ客に酌をするのがいやになって、芸妓をやめたんだぞ！　二本差がこわくって田楽《でんがく》が食えるけえ！　てめえなんざ羅生門河岸《らしようもんがし》の、鬼っ面のはした

女郎を買うのが程に合ってらあ！　唐変木《とうへんぼく》め！」

と、威勢よく啖呵をきった。

お留守居役は、三人あまり伴をつれていたし、衆人の注目のてまえ、ひっこみがつかず、いきなり、伊太吉を、無礼討にしようとした。

そこへ、ふらっとあらわれた若い浪人者が、小気味のいい迅業でお留守居役とその下役たちへ、峰打ちをくわせて、ながながと地べたへのびさせたのであった。

そして、小えんと伊太吉へは、一瞥《べつ》もくれずに、すっと立去ろうとしたのである。

小えんが、あわてて呼びとめて、あらためて礼にあがりたいから名前と住所をきかせてほしいとたのむと、そのこたえは、皮肉なものだった。

「おまえは、もしわたしが、目っかちの兎唇のびっこの爺さんであっても、いそいそと礼に来るかな」

思わず、鼻白んで、肩をすくめる小えんへ、冷やかなうすら笑いをのこして、若い浪人者は、すたすたと歩き出していた。

それが、きらら主水であった。

小えんが、意地になって、伊太吉にあとを尾けさせて、つきとめたのである。

夜に入ってもどって来た伊太吉は、汗をふきながら、こう報告したものであった。

「びっくり、じゃねえ、ひっくり、けえる、てえのはあのことだ。本所の南割下水の化物屋敷みてえな荒れ放題の大きな家へ、入って行ったんでね、おいらも、そうっとふみ込んだら、野郎、玄関のところで待っていやがった、ちゃあんと尾《つ》けられているのを知ってやがったんだ。庭へまわれ、というから、そうすると、縁側へ出た野郎が、いってえ、なんと云ったと思うかね、姐さん――」

主水は、微笑しながら、

「あの泉水の中から、鯉をいっぴき、なるべく大きなのをえらんで、つかんで来い」

と命じたのである。

永年見すてておかれたので、むざんな荒れかたであったが、かつて、名のある造園師の手によってつくられたであろう庭園は、割下水から水を入れた泉水を自然の湖みたてにして、深山幽谷の風趣を、いまだにたもっていたのである。いや、樹木のしげるにまかせたために、かえって、その眺めは造園師の目的通りに、自然の美観をおびてきていた。といえるかも知れない。

いずれにせよ、伊太吉は、着物を脱ぎすて、冷たい泉水の中へとび込まなければならなかった。

悪戦苦闘して、やっと、目の下二尺もあろうやつをひっかかえて上って行くと、

「台所で、料理してくれ」

というのが、次の命令だった。

伊太吉が、疲れはてていたし、むすっと仏頂面になって、返辞をせずにいると、主水は、明るい笑い声をたてて、

「おい、おまえは、それが商売ではないのか」

伊太吉が、びっくりして、

「旦那は、どうして、あっしが板前だってことがおわかりです？」

と、たずねると、主水のこたえは、明快であった。

「おまえの、左手くびについている傷は、庖丁で切りこんだ痕だろう」

これをきいて、伊太吉は、うなった。そして、精根こめて、みごとな鯉のあらいを作りあげたのである。

伊太吉の報告は、小えんに、なにかほのぼのとした愉しさを与えた。

「で——鯉のあらいをつくってさしあげて、それから、どうしたのさ？」

と、たずねる小えんの顔が、妙にいきいきしているのをながめて、伊太吉は、わざとそっけなく、

「どうもこうもねえやな。まごまごしていたら、こんどは、屋根にとまっているとんびをとっつかまえて料理しろっていやがるおそれがあるんで、急いで、おさらばして来たあな」

「おまえさんの腕まえをほめて下さらなかったかい？」

「うん。さび庖丁で、これだけの切れ味をみせるとは感心だってな――」

まんざらでもなさそうに、伊太吉は、にやにやしたことだった。

いや、じつは、伊太吉は、あの若い浪人者が、ひどく気に入ったのである。

男ぎらいで通している小えん姐さんも、あの先生とつきあったら、ひょっとすると、ひょっとするかも知れねえ。

そんな予感をおぼえつつ、もどって来たのであった。

だから、報告をきいただけで、小えんの眸子《ひとみ》がかがやきはじめたのを、伊太吉は、――そうら、みろい、と思ったのである。

次の日の朝、小えんは、いそいそと、南割下水へ出かけて行った。

そのいでたちが、かわっていた。

白粉気のみじんもない素顔で、洗い髪をじれったむすびにして、やといばあやから木綿の縞物を借りて着て行ったのである。

きらら主水は、その姿を玄関に見出すや、ちょっとけげんそうな面持になったが、すぐに、笑って、

「どういうのだ？」

と、たずねた。

「お掃除をさせて頂きにあがったんです」

小えんは、にこりともせずに、こたえた。

主水が、化物屋敷にたった一人で住んでいると、伊太吉からきいて、小えんは、あれこれと思案をめぐらしたあげく、このテを考えついたのである。

主水は、黙って、小えんを、上げた。

小えんは、そのまま、三日間泊りこんで、母屋のすみずみまで、見ちがえるようにきれいにした。実際、ひどい塵埃《じんあい》の巣だったのである。

主水は、どこへ行くのか、午すぎに起きて、ふらっと出かけて、夜おそくまでもどっ

て来なかった。

三日目の夜、主水のかえりを待って、小えんが、つつましく、三つ指をついて、

「お掃除がおわりましてございます」

と、報告すると、主水のこたえは、またもや、冷淡なものだった。

「そうか。じゃ、もう来てくれなくてもいい。おれも木石ではないから、おまえのような絶世の美人に家の中でちらちらされていると、妙な気持を起すおそれがある」

小えんは、しかし、こんどはすこしもたじろがなかった。

「ええ、かまいません。妙な気持を起して下さいまして、結構でございます。そうなったからといって、決して、ご迷惑はおかけいたしません」

「女は男に惚《ほ》れると、みんなそう申すのではないか」

「そうかも知れません。でも、このあたしは生まれてはじめて、殿がたに、惚れた、と申しあげました。あとにもさきにも、もう二度と、ほかのお方に申しあげようとは思いません」

一瞬――。主水と小えんの視線が、ぴたと合い、火花のようなものを散らした。

身も心もなげ出した女のひたむきな慕情は、さすがに、若い浪人者の虚無の心底に、

急に、はげしい新たな感情を生ませる力があった。

小えんは、主水の眉宇が、かすかに、苦しげにひそめられるのを見た。

ほとばしろうとする情熱を、静座のからだにおさえる息苦しさで、小えんが、ちいさな熱い息をはいたとたん、主水は、すっくと立ちあがっていた。

「帰れ！」

一言のこして、風のように、廊下へ消えていたのである。

がっくりとうなだれた小えんは、泪が、膝の手へしたたるにまかせた。

……あれから半年。

小えんの気持は、みじんも変ってはいないのである。

小えんは、じぶんでじぶんがふしぎであった。

——どうして、あたしは、こうなったんだろう。

幾十回いや幾百回、小えんは、じぶんに、その疑問をなげつけてみたことだろう。

たしかに、最初、わざと粗末なみなりをして、主水の屋敷へ出かけて行ったのは、

「もしわたしが、目っかちの兎唇のびっこの爺さんであっても、いそいそと礼に来るか」

とあびせられたその皮肉に対する意地もあったようである。

しかし、三日間、泊り込んでいるうちに、小えんの心は、完全に、主水のものになってしまっていたのである。

といって、親しく口をききあったわけでもなければ、長い時間を対座する機会もなかったのである。

ただ一度、縁側に佇《たたず》んでいる主水を見出した時、その横顔に、なんともいえない寂寥の翳が落ちているのをみとめて、はっとしたことがあった。あの瞬間に、思慕の情が、心にふかく根を下したのであったろうか。

ともあれ――。

こうして、夜釣りのもどり舟から、しらしら明けの川景色を眺めやりながらも、小えんの胸は、かすかに、きりきりと疼いているのであった。

「おっ！　おっ！　おっ！」

突然、伊太吉が、すっ頓狂《とんきょう》な声をあげた。

「なんだい？」

なにげなく、水面へ落していた目をあげた小えんも、向こう岸を見て、あっとなった。

朝霧をちらして――。

廻り灯籠のように、めまぐるしく動く人の群が、影絵さながらにみとめられたが、いずれも、白刃をかざしていたのである。

「あっ！　卑怯だぞ！　畜生っ！」

伊太吉が、わが身内の危険ででもあるかのようにののしったのは、ただひとりのさむらいを、七八名の覆面士たちが襲撃しているのを、はっきりとみとめたからであった。

さむらいがかなり年配であることは、白髪でわかったが、よろめいて防戦一方に死力をつくしているのは、その年齢のせいばかりではないようだった。

すでにどこかで重傷をうけて、ここまで辛うじてのがれて来たところを、ふたたび発見された――と見てとれた。

襲撃者たちの、やりかたは、猛犬の群が、おいぼれ猫をとりかこんで、嘲弄《ちょうろう》するにも似て、ざんにんをきわめていた。

一人が、斬りつける。

老人は、必死で受けとめる。

すると、背後の者が、さっと足を薙ぐ。

どどっと、泳いだ老人は、刀で円を描きつつ、一廻転する。

わざと、覆面士たちは、老人が立ちなおるまで待っている。

そして、ふたたび、同じ攻撃があびせられるのであった。

「ど、どうしよう、姐さん？」

「どうしようたって、どうにもならないじゃないか——」

あまりにむごたらしいなぶり殺しの光景に目を掩《おお》いたい——が、それもならず、小えんと伊太吉は、いたずらに、憤りにからだをふるわせるばかりであった。

それでも、老人は、死にもの狂いの勢いで二名あまりを傷つけるや、一角を突破した。

支配格の者が何かどなった。

「しとめてしまえ！」

そう命じたのであろう。

三名の者が切先をそろえて、追い迫るや、老人は、一瞬、くるっとむきなおって、絶叫とともに、猛然と反撃をみせた。

手負い猪《じし》さながらのすさまじさに、三名が、ややひるみの色をみせた。

「そこだ！　そのすきだ！　にげろ！」

伊太吉は、艪が折れんばかりに、にぎりしめて、口走った。

老人は、たしかに、そのすきに覆面士たちを二間余ひきはなした。

ちょうど、大川へ流れ出る掘割にかけられた小橋の上であった。

むざん！

びゅっと、投げられた手槍が、老人の背中へ突き立った。

小えんと伊太吉は、老人のからだが大きくかたむいて、橋から落下するさまに、息をのんだ。

橋下にもやってあった小舟が、ぐらっとひとゆれした。その拍子に、綱がほどけたか、小舟は、するすると、大川へすべり出した。

覆面士たちは、橋の上からのぞいて、何か話しあっていたが、たすからぬとみとめたのであろう。誰も、飛び降りようとはしなかった。

「しめた！」

伊太吉が、ぐいぐいと艪をこいで、へさきを、まわした。

覆面士たちの姿が河岸から消えた時、屋形船は、ただよう小舟へどしんとぶつかっていた。

伊太吉は、すばやく、小舟へとび移って、老人の背中から、力まかせに手槍をひき抜いた。

全身あけにそまった老人のからだが、屋形船の内へかつぎこまれるや、小えんは、あまりのむごたらしさに、かるいめまいさえおぼえた。

伊太吉は、さすがは、刃物を使う職人だけあって、血汐などにはたじろがずに、べっとりと濡れたからだを抱いて、

「おい、旦那！　おさむれえさん！　しっかりなせえ！」

と、耳もとで、叫んだ。

すでに死相濃い蒼白の面貌が、伊太吉のくりかえす大声で、かすかにうごいた。

「旦那！　遺言は、ござんせんか！　遺言は——？」

老人は、わななくくちびるをひらいて、

「ゆ……ゆかに……」

と云いかけた。

「え？　なんですって？　ゆか？　ゆかってなんでござんす？」

「ゆか、って、きっと、お嬢さんの名まえだよ」

小えんが云った。

「そうか！　旦那っ！　そのゆかってお嬢さんに、なんと遺言なさるんです？」

「……に、にわの……槐《えんじゅ》の……根かたを……」

「掘るんでござんすか？」

老人は、うなずいた。

「旦那っ！　お名前とおところは？」

「……」

老人は、こたえようと、さいごの努力をした。

伊太吉は、耳を、老人の口へつけて、全神経を集中した。

「……まつくら……」

と、だけきこえた。

「旦那っ！　松倉と仰言るんでござんすか？」

すると、老人は、ちがう、と、あるかないかに、かぶりをふった。

それから、もう一度、口をきこうとしかけたが、それはむなしかった。

がっくりと陥ったからだを、そっと板敷へおろした伊太吉は、

「松倉――だけじゃ、雲をつかむみてえだ」

と、つぶやいた。

「姓じゃないと仰言ったねえ」

眉宇をひそめていた小えんは、ふと思いついて、その腰にさげられた血ぬれた印籠を、そっと手にとってみた。

「相馬」

と蓋のうらに記されてあった。

「これが、姓だよ」

「じゃ、松倉ってなんでえ?」

ふたりは、顔見あわせて、考えこんだ。

「あ――」

急に小えんが、目をかがやかせた。

「松倉って、本所の松倉町のことじゃないかしらね」

「あっ、そうか。あの北割下水に、小旗本の屋敷がずらりとならんでいらあ。あそこにちげえねえ」

「よかった！　わかったわね。さっそく、おしらせしなくっちゃ――」

「よし来た！　源森橋から掘割へ入って、横川へまわり込めば、北割下水は、鼻っ先だ」

「たのむよ」

「合点――」

伊太吉は、艫へとび出すと、勢いよく艪をつかんだ。

小えんは、死顔へ、手拭いをかけてやり、両手を胸で組ませようとしかけて、ふと襟もとに、きらっと光るものを見た。

それは、雀の卵大の白玉で、肉眼で読みとれない程の細字で、経文が彫りつけてあった。鐶がつけられ、紐を通して、頚にかけられていたのである。

――おさむらいのくせに、妙なものを身につけておいでになる。

小えんは、その時は、ただ、そう思っただけであった。

「姐さん――」

艪音をたてながら、伊太吉が、呼んだ。

「あいよ」

「しけだと思ったら、とんだ大釣りだったぜ」

「そうだったねえ」

「ゆかという娘は、おとっつぁんのその姿を見たら、気をうしなっちまいやしねえか」

「おさむらいのお嬢さんだもの。しっかりしていなさるはずだよ。ゆか——か。いい名だねえ。きっときれいなお方だろうよ」

やがて——。

朝陽が、水面にさして、櫓で切られる小波を、黄金色にきらめかしはじめた頃、屋形船は、業平橋をくぐりぬけて、横川へ、ゆっくりとすすみ入っていた。

道ひとつへだてて、北へまっすぐに走っている割下水をのぞむ岸へ、舟を着けた伊太吉は、「じゃ、姐さん、ひとっ走り行ってくるぜ」と云いのこして、身軽く、とび上ると、とっとと駆け出した。

小えんは、艫へ出て、伊太吉を見送った。

「小えんではないか——」

ふいに声をかけられて、その方角へ目を移した小えんは、

――あ！　いやなやつに出会った！

と、かすかな悪寒をおぼえた。

南町奉行所の町方定廻り与力をつとめる戸辺森左内という男だった。

利け者として通っている与力だが、冷酷で残忍な性格を誇るがごとくその眼光や口もとにあらわした顔つきは、べつにうしろめたいところのない庶民たちまでをもおそれさせていた。

虫がすかぬ、とは、この男のことをいうのであったろう。いや、小えんにとって、虫がすかぬだけですまされない。思い出しても腹立たしい記憶がこの男に対してあったのである。

芸妓の頃、この男からとある料亭の離れで手ごめにされかかったことがある。

かんざしを抜いて抵抗する小えんの必死ぶりに、これは駄目だとみてとるや、急に、ははははは、と笑って、

「冗談じゃよ。まともに受けとりおって、ばかなやつだ。男ぎらいがうそかまことか、たしかめてみただけのことだ。成程、貴様はあっぱれな男ぎらいだわい」

と、ごまかしたものだった。

小えんは、胸のうちで、

——おまえなんかに手ごめにされるより、乞食にからだをまかした方がましだよ。

と、さけんだのであった。

「なんだ、いま時分、こんなところで？」

「夜釣りのもどりでございます」

「お前の家と方角がちがうではないか」

「お送りして来たんです、お客さまを——」

「お客さま？」

「ひいきにしていただいている旗本の旦那をね」

「ほかの女がそう云うなら話がわかるが、お前のせりふにしてはちとおかしいぞ」

「色恋ぬきにひいきにして下さるお方だって、ひろいお江戸に一人や二人はいらっしゃいますよ」

「うそか、まことか、その屋形の中を覗けばわかる。あるいは、夜具などが敷いてあるかも知れん」

そう云って戸辺森左内は、舟へ足をふみ入れて来そうな様子をしめした。

小えんは、ぎくっとした。

横たえてある遺骸は、べつに、じぶんたちとは無関係なさむらいであるから、見つけられても、すこしもやましいところはないのだ。しかし、この与力の目からは、絶対にかくさなければ、どんなわずらわしい目に遭うかわからないような気がしたのである。

「ふん、それ見ろ。おびえた顔になったぞ」

一方――。

伊太吉は、おもてへ打水している武家屋敷の中間へ尋ねて、相馬という家は、一町ばかり先を右に折れた小路にある、と教えられ、そこへいそいだ。

その家の門扉だけは、閉ざされていた。朝のこの時刻は、武家屋敷の門は開けはなたれて、きれいに掃除してあるならわしだったのである。

潜り戸を押して一歩入った伊太吉は、

――へえ?

と、目をみはった。

植込みが、めちゃめちゃにかきみだされていたし、そのむこうに見える柴折戸は、ななめに傾いていた。

母屋の雨戸は閉ざされてあったし、庭さきの草花はふみにじられていた。

——こいつは、へたをすると、とんだかかりあいをくらいそうだぜ。

自分につぶやいたが、乗りかかった舟である。

——せめて、ゆかというお嬢さんが、とびぬけた別嬪であってもらいてえ。

と思いながら、玄関に立って、大声で案内を乞うた。

しばらく、屋内はしいんとしていた。

もう一度、大声をあげると、廊下に跫音もせず、衝立のかげから一人の武士がぬっと出た。

伊太吉は、くびをすくめた。

——つるかめ！

「なんだ？」

目つきが鋭く、大刀も手にしているのであった。

「へえ……こちらに、ゆかさまと仰言るお嬢さまはおいででございましょうか？」

「いるぞ」

「ちょっとお目にかからせて下さいまし」

「用件を申せ」

やけに横柄な野郎だな。どうも、臭せえぞ。

なにかピンとくるものがあった。

江戸っ子である。いざとなると、度胸がすわる。

――ふん、なんでえ目ざしさんぴんめ！

「あっしは、お嬢さまにお目にかかって、申上げてえんでございます」

「家内にとりこみがある。用件を申せば取次いでやる」

「旦那、失礼でござんすが、お嬢さんは、ほんとうにお在宅でございますかね」

「たわけ！　何を申す！」

目をいからせて、殺気めいたすご味をみせたが、それが、かえって伊太吉の疑いをふかめた。

「失礼申上げました。出直させて頂きます。ごめん下さいまし」

ばか丁寧なお辞儀をして、くるりと踵をまわすと、すでに、もう一人の武士が退路を絶っていた。

――けっ！　くそ！　どうしようといやがるんだ？

伊太吉は、とっさに口をついて出ようとした啖呵を、ぐっとのみ下して、さあらぬていで、腰をかがめた。

「お通し下さいまし」

「ならぬ！」

「へえ――」

伊太吉は、勝手にしやがれ、と白眼をかえして、

「どうしろと仰言るんで？」

「由香殿に持って来た用件を申せ」

「だから、それは、お嬢さまにお目にかかって申上げやす、と申上げているじゃござんせんか」

「強情をはると、痛い目をみることになるが、よいか！」

「おどかしっこなしにいたしやしょう、旦那」

ふてて、にやりとした瞬間、対手の腰から白刃が、鞘走った。

ぴたっと、鼻のさきにつきつけられて――しかし、伊太吉は動ずる気色はなかった。

武士の方が感心して、

「いい度胸だな。貴様、なりは職人だが、かたぎではないな？」

「冗談仰言っちゃいけません。ただの板前でさあ」

「血には、おどろかぬと申すか」

「てめえの血は、一滴たりとも惜しゅうござんすがね」

「申せっ！　用件を――」

大喝をあびせられるや、気短かな伊太吉は、

――ええい！　面倒くせえ！　という気になった。

「こちらの旦那の屍をひろったんでさ。好意で知らせに来たんだ。ぴかぴかものでおどかされる筋合はござんせんぜ」

この言葉に、伊太吉をはさんだ武士たちは、すばやく意味のある視線を交した。

「どこにある。その死体は？」

「横川の岸につけた屋形船の中でさ」

その語尾の消えぬうちに、伊太吉は、後頭に、ぴしっと、峰打ちをくらって、ぐらぐらと前へのめり込んだ。

二人の武士は、いっさんに、門外へ走り出て行った。

しばらく——、伊太吉は、死んだように俯っ伏していたが、ひくい呻きをもらしてから、四肢をちぢめて、すこしずつ、頭をあげた。

野郎っ！　畜生っ！

歯をくいしばって、疼く頭をひとふりしてから、ぱっと、思いきりよく立ちあがった。

大きくひと息ついてから、あたりを睨めまわした時、そっと、忍び足で入って来るひとりの武家娘のすがたが、目に映った。

由香であった。

由香は、昨夜、きらら主水につれて行かれた踊りの女師匠の家（それは、実は、小えんの家であった。つまり、小えんが夜釣りに行った留守へ、主水がともなったのである）で、一睡もせずに朝を迎えて、こっそりぬけ出て来たのである。

——もしや、父上が、生きて、おもどりになっているのではあるまいか？

そのはかない期待を抱いて……。

伊太吉の方は、かたくこわばった表情の美しい娘を、ちょっと、じろじろと見やって

いたが、

「失礼でござんすが、由香様とおっしゃいますんで？」

と、たずねた。

「はい――」

いぶかしげに見かえすまなざしに、つよい警戒の色があった。

「あっしは、伊太吉と申す者でございますが、妙なことで、あなた様のお父様を――」

「父が？　父は、生きて居りますか？」

たちまち、顔色を変えて、息をはずませる由香を、伊太吉は、いたましげに見やって、かぶりをふった。

「ご案内いたしやす」

先に立って、通りへ出た。

由香は、伊太吉の様子から、すでに父がこの世のものでないのをさとって、黙ってついて来た。

伊太吉は、またずきずき疼きはじめた頭を、いまいましげにふったとたん、

「いけねえ！」

と、口走った。

じぶんを倒した武士たちが、どこへ走ったか——やっと、いま、直感が来たのである。

「あん畜生ども——」

伊太吉は、由香をふりかえって、

「お嬢さま！　大いそぎだ！」

うっかり、相馬修之進の屍骸を屋形船にのせてある、と告げてしまったおのれの短気な口軽さに、ほぞをかんだ伊太吉は、いきなり、ぱっと走り出した。

由香は、理由のわからぬままにはげしい胸さわぎをおぼえつつ、伊太吉のあとにつづいた。

割下水沿いの往還を駆けぬけて、横川の岸へ出るや、伊太吉は、どんぐり目玉をぐるっとまわした。

「おや？　いねえぞ！」

屋形船が、煙のように消えうせていたのである。

「どうしたのですか？」

由香の不安のまなざしを受けた伊太吉は、なんとも申しわけのない渋っ面で、

「お嬢さま。かんべんしておくんなさい。仏様がぬすまれちまったんでさ」

と、云った。

# 気まぐれ大名

やや乳色をふくんだ青磁《せいじ》の朝空に、一片の雲もない。

「鐘ひとつ売れぬ日はなし江戸の春」

街は今日も、うかれ行人の波であろう。その雑音もまだ立たぬ静かなひととき——。

松平千太郎は、ただ一人、ひろびろとした白砂の平庭に、孤影を長くはわせて、弓をひいていた。

武蔵川越藩主。十五万石。従四位大和守である。

年は、三十八歳になりながら、いまだ妻をもたぬ。

秀でた額《ひたい》、澄んで動かぬ双眸、ひきむすんだ口もとに、英智の意志がしめされている、江戸城帝鑑《ていかん》の間の俊髦《しゅんぼう》として、やがては老中筆頭も十目十指のみるところである。

尤も、当人は、すでに、なぜか若年寄の職をしりぞき、腹中余人にうかがう余地を与えぬ、気ままなくらしをしているのである。

築山もなければ泉水もない、ただいちめんの箒目《ほうきめ》の美しい白砂のひろがる庭上に、ただ一人、すっくと立って、ななめにさしそめた朝陽をあびた姿が、いかにもこの人の風格にふさわしい。

的の巻藁は、はるかな彼方にあり、すでに、数本の矢が、射立っていた。

日置《へき》流の名射手として、その名は、つとに高い。

弓に矢をつがえ、矢と弓とを十文字になし、矢篦《やべら》を食指でおさえて、右手で弦の中仕掛より下をかるくにぎって、視線を、ぴたりと的に送る。この姿勢は、荘厳の鋭気にみちて、いちぶの隙もない。

弓道の方則は、つぎのごとくである。

足踏まえ。胴づくり。取懸。手の内。弓がまえ。打起。引き三分の二。延合。満を持すやごろ。

そして、矢はぶんと弦をはなれる。

春光をきり、宙の一線を翔《か》けて矢は、的にすい込まれる。

神気をすませるには、この技にしくはない。

「殿——」

広縁上から、しゃがれた声がかかった。

すでに八十歳を迎えたかとおぼしい老人であった。

千太郎は、きこえぬふりで、次の矢を、弓につがえた。

「やれやれ。わしにだまって、若年寄をやめてしまって、毎日のらりくらりと、いったい、なんのこんたんがおありかい」

ぶつぶつとつぶやきながら、老人は、沓脱石へおりた。

側頭役須藤九郎兵衛という、千太郎が、うぶ湯をつかった時から、

「この若を日本一の名君にお育てしてみせるぞ」

と、豪語した一徹の爺さんであった。

両手をうしろに組んで、ひょこひょこと近づいて行って、老人が、大声でいったのは
——。

「殿、嫁をもらいなされ」

毎朝一度、須藤九郎兵衛は、こうどなることにきめている。

おもえば、この十年間、云いつづけたのだから、三千数百回くりかえしたことになる。

そして、そのこたえは、つねに同じであった。

「嫁は、もたぬ」

にべもないその一語であった。

いまも――。

的をにらんだまま、千太郎は、そうこたえた。

すると、老人は、これで、朝の挨拶が終ったという、けろりとした顔つきで、

「今日あたり、そろそろ、大納言様へお出むかれてはどうでござろうかな」

とすすめた。

大納言とは、将軍家の生父一橋治済のことであった。幕府施政の実権が、将軍家にはなく、その生父の一手ににぎられて、すでにひさしい。幕閣人事は、一橋治済のあごひとつできまるといわれていた。

その飛ぶ鳥をおとす権力者が、なにを思ったか、この気まぐれの独身大名に、一度会って懇談したいことがあると招いているのである。

千太郎は、返辞のかわりに、ひょうと矢を射はなした。

矢は、みごと、的の中点をつらぬいた。

「お見事!」

と、云ってから、老人は、

「どうでござろうかな? 行かれたがよいぞ」

と、かさねてすすめた。

「爺も、わたしに、ほかの面々にならって、尾をふれ、というのか?」

「いや、そうではござらぬ。場合によっては、大納言様をとっちめておやりなされ、ということでござる」

「むだだな」

千太郎は、あっさり云いすてた。

「むだでござるかな」

老人は、つるりと、顔をなでた。

「下世話に申すではないか。老いのみ老いて墓知らぬ狐、となっまた、死にそこないの裟婆ふさぎ、ともな。どう処置のしようもあるまい」

「ははは……これは手きびしい。てまえにも、これはあてはまりますかな」

「お前はどうやら、すこしちがうようだ」

「どうちがいますかの？」

「天下国家のことより、わたしに嫁をおしつけることだけを考えて居る」

老人は、これをきいて、また高笑いした。

むつまじい主従がえがくのどかな朝の風景であった。

「ところで――と」

老人は、ちょっと、きびしい面持になって、

「近頃、殿は、てまえに秘密で、夜あるきをなさる模様でござるな」

十五万石の城主は、老いたる忠僕をふりかえって、

「独り者の気楽は、ここにあるぞ、爺。角をはやすやつが、家に居らぬと、ゆっくりと見聞をひろめることができる」

「いったい、なにを見聞なされて居りますのじゃ？」

九郎兵衛は不服げに、たずねた。

「人間のありのままのすがたといおうかな。八百八町に、千差万別の人間がひしめいて

いるのだから、世態人情の機微をうかがうには、ひとりで、ぶらつくに限るということだ。まあ、当分、見て見ぬふりをしておいてくれ」

「万が一ということがございますぞ」

「わたしは、当年とって三十八歳になる。分別は一応できているつもりだ」

「いやはや、爺の目には、元服なされた時と一向に変ったとは見え申さぬ。いや、むしろ、近頃のお振舞いは、知恵が長けられただけに、しまつがわるい。けんのん、けんのん――」

そう云ってから、老人は、くるりと踵をまわして、ひきかえして行った。

千太郎の方も、日課の問答が終った明るい表情で、ふたたび、矢を弓につがえた。

この時――。

遠く、かすかに、するどく口笛が鳴るのを、千太郎は、きいた。

すぐに、弓矢をすてて、千太郎は、すたすたと、平庭をまっすぐに、つっきって行った。

東端の枯山水の岩組をぬけると、すべての樹木、白砂、苔などが象型化された禅味ふかい茶庭に入る。

千太郎は、露地をたどって、四阿に入ると、竹の框へ腰をおろした。

すると、地からわき出たように一人の男がすすっと寄って来て、置石へ平伏した。

「はやかったではないか、あご」

千太郎は、微笑した。

あご、と呼ばれた男は、顔をあげた。なるほど、ふつうの人間の倍も長いあごの所有者であった。

「殿がおまちかねであろうと存じ、京より早継ぎ立て御用飛脚と競争つかまつりました」

あごは、そう云って、にやりとした。ひどく愛嬌のある顔である。

早継ぎ御用飛脚とは、五十三次の本宿から本宿へ、最大速力で奔って、つぎつぎとバトンを渡す健歩急行をいう。この飛脚は、幕府の急用にかぎられていて、たとえ大名行列に出あっても、

「早継ぎ立てにございます」

と、叫んで、そのまま、そのわきを駆けぬけてもかまわなかった。

このあごなる男は、つぎつぎと交代して走って行く飛脚を追って江戸へもどりついた

のである。おそるべき速歩術の練達者といわねばなるまい。兵法家は、これを小鷹の術ととなえ、修業のひとつにかぞえている。隼のごとく速かに歩く——隼人というのは、この術者の謂であった。

千太郎は、あごをじっと見すえて、

「公家の動静はいかがだ？」

と、たずねた。

須藤九郎兵衛と問答を交していた時とは、うってかわって、厳然たる語気だった。

「いけませぬ。摂家のかたがた、いずれも、公儀の企図するところに、さからう御意志はありませぬ」

摂家というのは——。

近衛、九条、二条、一条、鷹司、の五家をしめす。

関白、大臣は、いずれも、この摂家から出る。

「ふむ——。幕府二百年の朝廷圧迫は、ついに、公家たちを骨なしにしたか」

「さように拝察されます」

「しかし、京洛にあっては、尊皇の思想は、大きくうごいているではないか」

「てまえの目には、どうも、よくはわかりませぬが、一部矯激の浪士どもの暗躍はあろうかと存ぜられますが――」

「公家が骨なしでは、まだまだ、皇権恢復は夢かな。……いずれにしても、このたびの、幕府の陰謀はたたきつぶさねばならぬが、公家たちに反逆の気骨がないとすると――」

そこで、ちょっと、声を切ってから、眉宇に決然たる意志を刷いた千太郎は、

「わたし一人の力でやらねばならぬ！」

と、きっぱりと云いきった。

「御意！」

い、あごは、こたえて、頭を下げた。千太郎は、何をなそうとするのか？

かんたんに、それにふれておこう。

時の天皇は、光格天皇である。

閑院宮典仁親王の御子である。

身長六尺にとどく偉丈夫で、人情に通達し、漢学の素養のふかいお方であった。

御製のひとつに、

はえば立て立てばあゆめと急ぐなり
私身のつもる老を忘れて
というのがある。よく人情の機微をうかがっている。

詩文方面ばかりではなく、心を経学にもちいられた証拠は、御使用の印章の句をみてもあきらかである。もっとも好んでもちいられたのは「一以貫之」であった。

徳川の時世において、特に秀れた天皇は、後水尾天皇と後光明天皇と光格天皇——この御三方であったが、中でも、光格天皇は、頭脳、性格ともに、なみなみならぬ偉大をそなえていられたのである。

後桜町上皇に送られたお手紙の中にも、

「……敬神、正直、仁恵を第一にいたし……自身を後にし、天下万民を先として、誠信の心、朝夕昼夜忘却せざれば、神も仏もお加護をたれたもうこと、鏡にかげをみるごとく……」

とある。

この英俊の天皇を、徳川幕府がどうも、けむったくてしかたがないのは、当然のことであった。

というのも——。

倒幕尊皇思想が、全土にひろがり、志士は、続々と名のりをあげて、その心懐を公にしめしはじめていたのである。

たとえば——。

蒲生君平は、公然として、幕府の罪を記文一篇につづって、発表していたのである。

幕府は、家康将軍の廟ばかりを大いにまつって、代々天皇の御陵をおろそかにしていること。

皇家に領土を与えず、兵器をとりあげてしまっていること。

将軍は太政大臣にのぼるにあたって、江戸に坐ったままでこれを受けたこと。

幕府は、これまで、天皇の御后に、将軍の娘を、一方的におしつけたこと。

また幕府は、皇女を将軍の妻にせんと、暴願したこと。こんなことは、源頼朝、足利尊氏のような独裁者も望まなかった。

等々とかぞえあげたものである。

こうした尊皇思想は、いまだ時節早くして、実践へふみ出す段階にまではたちいたってはいないが、しかし、具眼の士は、すでに徳川氏崩壊の端はひらかれているとみている。

幕閣の中にあっても、尊皇思想を危険視する傾向はつよくなった。

もし、全土の志士が決起して、英俊の光格天皇のもとに結合して、倒幕ののろしをあげたなら――という予感も、もはや、あながち、一笑にふすわけにはいかないまでに、公儀そのものが、自信をうしないつつあったのである。

で――当然の考えとして。

光格天皇の御譲位を強請して、幕府のいいなりになるロボット天皇を即位せしめる。

閣老の陰謀とは、これであった。

この陰謀の第一手段として、次代天皇の侯補として、宮家の中から、気性の弱い若宮をえらんで、これに前将軍家の娘をめあわせる。

これを実行しようとしているのであった。

えらばれた若宮は、伏見宮守仁親王。

これに嫁がせるのは、前将軍家の娘甲姫。

このことは、いわでものことながら、極秘のうちに決定し、おしすすめられようとしたのであるが、松平千太郎は、いちはやく、看破してしまったのである。

——かかる陰謀こそ、幕府を瓦解せしめる因となる。自ら墓穴を掘るようなものではないか。よし！　わたしが、未然にくいとめてみせる！

その決意をして、若年寄の地位をしりぞいて、自由の身になってたたかいの方法をめぐらしたのである。

九郎兵衛老人の心配しているように、ただのらくらとその日を送っているのではなかったのである。

「あご——」

「はい、——」

千太郎は、懐中から、一通の封書をさし出した。

表書きは、

「遺書　由香殿」

とある。

裏をかえすと、

「父より」

と記されてあった。

「これは？」

いぶかしげに、ふり仰ぐのへ、微笑をかえして、

「旗本小普請組相馬修之進が、娘に与えたものだ」

「……？」

「読んでみい」

「は——」

あごは、巻紙を披いた。

目を移すにつれて、あごの眼光は、鋭くなった。大きな驚愕の色が、その長い顔いっぱいにひろがる。

千太郎は平然として、すずしげな口つきである。

「殿！　これは、猶予なりませぬ」

「もうおそい」

「と申しますと？」

「相馬修之進は、すでに果てた」

「お？」

「敵の手まわしが、わたしの決意より、速かった。つまり、是が非でも、天子交代をやってのけようという、一橋大納言のがむしゃらが、かなり大がかりな党を組ませてしまったと判断できる」

「腕ききの隠密どもを選りすぐりましたか――」

そう云うあごの表情が、にわかにいきいきしたものになった。どうやら、この男は、死地に身を置くために生まれて来た。といってもよさそうである。

千太郎が信頼してつかっている人物である。そうでなければならないのである。

「旗本からも、御家人からも、町の無頼からも、使えそうな者は、かまわず、組に加えた模様だ、あご、衆寡敵せず、という観があるぞ」

からかうような千太郎の言葉にあごは、そのあごをふった。

「なんの……殿とてまえと、二人だけで、そやつらをのこらずこなしてやるのでございます」

「ふむ。裏にかくれて兇徒と化して、悪業をやろうという徒党に対して、こちらも、それに対応するだけの用意はできて居るというわけだ。わたしもお前も、どうやら、こういうたたかいにはふさわしい人柄らしい。白昼の場所で、大っぴらにやるのは、おたがいに照れ性だからの」

「申されました。はははは」

あごは、いっそ愉しげに声をたてた。

それから、しばらくすぎて――。

千太郎は、居間に入って、机の前に、ひとそろいの書類をひろげていた。

それは、あごが京から持ちかえった調書であった。

先年――松平定信時代に、京と江戸とのあいだにある大きな衝突があった。世にこれを尊号事件という。

事件そのものとしては、さしたる重大な問題ではなかった。

光格天皇が、御生父閑院宮典仁親王に、太上天皇の尊号をたてまつろうとされたのを、松平定信が断乎として反対したのである。

ところが、天皇は、どうしても、やりとげようとされ、関白鷹司輔平と定信のあいだに、火のでるような烈しい書状の往復があり、結局、定信が勝って、これは阻止されたのである。

爾来、京都側は、それまでの隠忍の態度をすてて、幕府に対して、反抗の気勢を、時おりしめすようになっていたのである。尤も、それはきわめて消極的な方法でなされたので、幕政としては一向に苦にするに足りなかったが……。

千太郎が、あごに調べさせたのは――。

公卿のうちに、真の気骨あって、幕府の陰謀に厳然として対処する人が幾人あるか、ということであった。

表面においては、このたびの幕府の企図するところにさからう意志を、何人もしめしてはいない、とのことであったが、はたして、一人の勇者もないとは、千太郎には考えられなかった。

いる！　かならず、いる！

千太郎は、かたく信じたかった。

江戸において、こちらが決死のたたかいを開始するからには、京にあっても、これに呼応して、起つ堂上人が必要であった。

千太郎は、調書にあげられた人々の日常の所業ぶりを、たんねんに研究しはじめた。

そうして、午は、早くやってきた。

控えの間の須藤九郎兵衛老人は、いつまでたっても、主君が、居間から出て来ないので、少少いらつきはじめた。

千太郎は、いっさい、女中をつかわぬ起居をしていた。老人の采配で、小姓が、用をたしていたのである。

「さて――いったい、どうなされたものかのう」

大声で独語するように云うや小姓が、

「おうかがいいたしてみましょうか？」

と、立ちかけた。

「いや、わしが参る」

腰をあげた老人は、長廊下をあるき出しながら、

「来年は、わしも八十かい。ああ、待てん待てん。……嫁じゃ、嫁じゃ」

と、つぶやいた。

さて――居間をのぞいてみると千太郎の姿は、そこになかった。居間のみならず、屋敷内から煙のように消えうせていたのである。

# 夜風唄

当時――。

江戸の街には、横町新道に入ると、かならず、稽古三味線の音がきこえたものである。泰平の治世、一食をつめても、長唄なり常磐津なり、いずれにはあれ、三絃の一手を身につけておくのが、町娘のたしなみとされていたのである。

稽古本をかかえて、からころと日和下駄の音をたてて横町新道に入って行く娘たちの姿は、江戸の風景にはなくてはならぬいろどりであった。

いや、娘のみならず、町内の若い衆が、まだどこやら色香ののこった姥桜の女師匠のところへあつまるさまは、今日の青年が、気前のいいバアのマダムの豊満な胸やら腰やらをぬすみ見に行くのと同じこんたんによるもので、やむを得ぬ仕儀とみえた。

ここ——深川黒江町の、一の鳥居をくぐってすぐの横町にも、小粋なかまえの「うた・おどりどころ」が一軒。

明障子に、菱に三柏の紋が浮いている。

まだ陽は高く、眩しく、照っているというのに、湯上りらしく、濡れ手拭をさげた若い衆が、威勢よく、格子を開けて、

「師匠、あがるよっ——」

と、声をかけた。

すると、奥から、男の声で、

「師匠は、居らぬ」

と、返辞があった。

「へっ——」

若い衆は、首をすくめて、小声で、
　きいてみたかや間夫の声
　のぞいてみたかや　四畳半
とつぶやきつつ、両手を上り框につっぱって、そうっと首をのばした。

とたんに、
「兄哥、泥棒猫のまねがしたいなら、台所へまわれ」
とあびせられた。
若い衆は、あわをくって、おもてへ、とび出した。
茶の間の長火鉢の前に坐っていたのは、きらら主水である。
さっき、ぶらりとおとずれてみると、女師匠の小えんは、まだ夜釣りから帰って居らず、昨夜をあずけておいた武家娘も、どこかへ外出していた。
ばあやに、酒を買いに行かせて、ひとり、ぽつねんとしていたのである。
手をのばして、柱から、三味線をとると、つまびきで、ひくく、唄いはじめた。
　人目忍んだ二人の仲は
　解けて寝せとのむつ言を
およしなんしは、みな空事よ
おしくば、くませ玉の床
佳いのどの、しぶい節まわしだった。
そこへ、おもてから、

「おうおう、留守の家へ上り込みやがって、のんきそうに、からっ下手なうなり声をたてやがるいけ図々しい野郎は、いってえ、誰でえ」

と、云いながら、入って来たのは伊太吉であった。そのあとに、由香がしたがっていた。

がらっと、障子をあけて、

「あっ、こりゃ――旦那でござんしたか」

びっくりして、伊太吉は膝を折った。

主水は、笑って、

「お前のように、いろいろの女と忍んだ経験にあさいのでな、声が文句に乗らぬ。ひとつ、お前ののどをきかせてもらおうか」

と、云った。

「御冗談を――。なに、そのう、癇が立っていたものでござんすから」

「こちらは、燗を待っていたところだ。婆さん、酒を買いに行って、油を売っているようだ」

「それも、どなた様だかのせいでさあ」

「どうしてだな？」
「師匠が、この半年、粋な浮世を恋故に、野暮にくらすも心柄——てな風情に相成って、家ン中のことをほっちらかしているもんだから、ばばあまでが、でたらめになりやがって——。旦那、ちったあ、察しておくんなさい」
主水は、それにこたえず、また三味線をひきはじめた。
　なるはいやなり
　　おもうはならず
　とかく浮世はままならぬ
それをすぐ伊太吉が、ひきうけて、
　つらのにくさよ
　　あのきりぎりす
　おもいきれきれ
　　きれとなく
「おっと——こんな掛合万歳をやってる段じゃねえんだ。旦那——一大事！」
伊太吉は、あわてて、うしろをふりかえって、

「お嬢さま、お入りなさいまし」

と、まねいた。

由香は、しとやかに入って来ると、手をつかえて、

「無断で、外出いたしました。おゆるし下さいませ」

と、頭を下げた。

「べつに、あなたを、ここに監禁したわけではない。自由な行動をとられてよいことだ」

主水は、すこし冷淡にきこえる口調で云った。

それから、伊太吉へ視線を移して、

「どうした?」

「どうもこうも――因縁というやつでさ。旦那は、このお嬢さまをおたすけになった。師匠とあっしは、お嬢さまのお父上をたすけて――といっても、ご臨終を見とったにすぎやせんがね。その仏様を、お屋敷へおとどけしようとしたら、とんでもねえことになっちまったんでさあ」

「あなたは、家へもどられたのか?」

主水は、由香に訊ねた。

「はい――」

「捕まらなかったのは幸いでした。……伊太吉、話せ」

うながす主水の声が、凛として冴えた。

主水は、腕を組んで、伊太吉が目撃した今朝の一埒に、黙って耳をかたむけていたが、屋形船が亡骸と小えんをのせたまま、何処かに消えたときくや、

「由香さん、お父上は、何か大切なものを肌身につけて居られたか？」

と、たずねた。

「は？」

由香は、母が病み臥してから、ずっと、父のまわりの世話をして来ていたので、所持品について知らぬはずはなかった。

――あれが、そうなのであろうか。

父が、頸からさげていた白磁の玉のことであった。

思いあたるとすれば、それしかなかった。

由香が、それを告げると、主水は、急に、興味ふかげに、

「玉？　大きさは？」

由香は、指で輪をつくって、

「これぐらいでございます。それに、いちめんに経文がしるしてございました」

「ふむ──」

主水は、大きくひらいた双眸を、じっと由香に据えて、まばたきもしなかった。胸中に、何か異常な思念が湧きあがったことはたしかだった。

しかし、なぜか、主水は、そのことにはふれようとせず、ふっと緊張の色を解くと、

「由香さん、あなたが迷惑することになっても、これは、こちらから積極的に働いて、謎を明らかにしなければならなくなった」

「はい。わたくしからもお願いいたします」

父が、何か非常な恐怖と焦躁におそわれていたことは、すでに、主水に話してあった。そして、それがじぶんに関することであるらしいことも──。

主水は、しばし、沈思ののち、

「……宿運、というやつだ」

と、おのれに云いきかせるように、ぽつりと独語をもらした。

その時は、由香は、その独語を、ただ偶然のかかわりあいによって起たねばならなくなった——という意味にうけとったのであった。しかし、実は、それには、もっとふかい感慨がこめられていたのである。

主水は、刀をとって、立ちあがった。

「伊太吉、由香さんをたのむ」

「へい、旦那は、小えん姐さんをたすけて下さるんでござんしょうね？」

伊太吉にとって、それがいちばん大切なのであった。

「結果がそうなるはずだ」

「結果って——旦那、謎ときがしくじったら、姐さんは見殺しにされるってえことに相成るんでござんすか？」

伊太吉は、うらめしげに、見上げた。

主水は、うす笑いをうかべて、

「失敗すれば、こっちの生命がないのだ。……おれが死んだら、小えんも生甲斐があるまい」

陽が、すこし、西に傾いて、風が立った頃あい――。

仙台堀にかかった正覚寺橋をわたって、本所方面へむかうきらら主水のふところ手の着流し姿が見出された。

褄をとった芸妓がふたり、あかるい下駄の音をたてて、すれちがって行った。

すれちがいがけに、

「あら――佳い男ぶり」

「ほんに――」

と、ささやきかわしたのが、送り風できこえたが、主水の表情は、常になくむっつりしたものだった。

自ら、世をすねた、ときめてしまっていたのだが、ゆくりなくもすて身でぶっつからねばならぬ危険な謎解きの役割を、ふりあてられてしまったのである。

――あの娘の目だな。

そう思っているのだ。

もはやおすがりするのは、あなた様おひとりしかありませぬ――という想いをこめた由香のひとみが、ついに、おのれを起たせた。と主水は、心にいいきかせている。

――うぬぼれかな。

いちどは、かるくはらいすてたが、

――そういうことにしておかなければ、ひとつしかない生命をなげ出せぬ。謎を解いても、べつだん、立身栄誉が約束されたわけでもなければ、巨万の富をわがものにするのぞみがあるというのでもなし……美しい娘の哀しげなまなざしに肚をきめた、という方が、どうやらおれらしい。

と、思いなおして、もはや、この足はあとへ退かぬ覚悟である。

旗本大身の屋敷町をぬけると、霊厳寺の長い築地塀が続く――。

主水は、宏壮な総門の前に、行列が停っているのを見出した。

金紋の先箱、薙刀、挾箱などを持った徒士、小人などのほかに、盛装の女中の頭数がずらりとそろっている。

――どこかの大名の奥方が、寺まいりか。

当時、大名の奥方や姫君は、一年のうち、外出するということは、せいぜい一度か二度であった。それも、墓参か、実家訪問にかぎられていた。

花見とか、観月などというのは、屋敷内ですませたものである。

近づいて行って、主水は、持物に葵の紋がうってあるのに、

——大奥からの代参か。いずれ、目つきのわるいばあさんだろう。

と思った。

ところがそうでなかった。

ふいに——。

境内で、あわただしい叫び声があがったとおもうや、ばたばたと総門を走り出て来たのは、まぶしいばかりのけんらんたる衣裳をひるがえしたお姫様であった。

その美しい顔を、一瞥したとたん、主水は、大きくおどろきの目をみはった。

主水を、はっとならせたのは、その美貌ではなかった。

——似ている！　いや、そっくりだ！

意外にも、由香に、である。

主水は、正直、この一瞬、白昼夢でもみているようなとまどいをおぼえた。

由香とは、ついさっき、黒江町の小えんの家で別れて来たばかりである。それが、いつの間にか、化身のように、ここに姫君となって出現している。

同一人だと錯覚したとしても、むりはないくらい、文字通り、瓜ふたつではないか。

——どうしたというのだ、これは？

唖然として、道端へ立って、凝視していると、姫君は、急にきょろきょろと、往還を見わたして、また、ばたばたと走り出した。

「姫さまっ！」

「お待ちあそばせ！」

女中たちが、血相をかえて追いすがったが、姫君の足は、非常な速さだった。

女中のひとりが、ひらひらとひるがえるおかいどりの裾を、とらえたが、それは、するりと、ぬぎすてられた。

白い脛もあらわに、姫君は、あっという間に、主水の前方一間半の地点まで達し、そこで、ぴたりと停って、じっと、まなざしを主水にあてた。

この時、主水は、姫君が、由香と全く別人であるあきらかな証拠をみとめた。

——このお姫様は、白痴だ！

そのひとみは、美しく澄んではいるが、光がなく、うつろだったのである。

由香のひとみは、聡明なかがやきをもっていた。

主水は、まばたきもせずに、じっと見つめてくる姫君の視線を受けとめて、

――神様というやつは、皮肉ないたずらをするものだ。

と、かすかに苦笑した。

ゆたかな理智をそなえた娘は、いま、悲運のどん底におとされている、幼児にもおとる頭脳しか与えられていない娘は、最高の栄華のなかにたてまつられている。

「おまえはだれじゃ？」

突然、かん高い声で、姫君は主水に問うた。

主水は、無言で、うっそりとたたずんだなりである。

「これ、浪人――。ひかえぬか！」

年増の中﨟が、けわしい顔つきで、しかった。

主水は、つめたく、

「そちらさまが、かってに近づいておいでになったので、こちらは、ここでひかえていたのですから、これは、やむを得ぬ、と申すものです」

と、なげかえして、動こうとはしなかった。

「無礼者っ！」

徒士が数人、どっと走り寄って来た。

「下れっ！　下れっ！」

肩をつかまれ、押されようとするや、主水の叛骨が内で鳴った。

無言で、ぱっとはらいのけるや、二人ばかり、あっけなく、ひっくりかえった。

「おのれ、素浪人、葵の御紋が目に入らぬかっ！」

「捕えろっ！」

手ごわいとみて、さらに七八人が応援にかけつけて来て、包囲した。

どうせ、白痴の姫君のお供をしている連中である。いずれも、剣を握るより、三味線をかかえる方が得意と見うけた。

口では、さむらいらしい叫びを発しているが、主水の不気味な落着きにおそれをなして、早く立去ってくれることを祈っているへっぴり腰である。

主水は、姫君を見て、にっこりしてみせた。

すると、姫も、

「ほほほほほ」

と、高笑いをあげて、すすっとすすんで来た。

「姫君さまっ」

あわてて、中﨟が、袂をとらえたが、ふりはらわれたのみか、したたか、頬げたへ平手打ちをくらって、鼻白んだ。

徒士をつきのけた姫君は、主水の前に立つと、

「おまえは、だれじゃ」

と、もう一度たずねた。

「きらら主水と申します」

「きらら？」

ぱちぱちとまばたきした双眸で、白痴ながら、ふっとやさしい色を湛えた。

「わたしのところへおいで、きらら主水」

「名をおぼえていただいた」

主水は、微笑して、一礼した。

「てまえは、すこし急ぎの用が、ありますので、これで失礼つかまつりますが、姫さまのお名前をおきかせ下さいますよう——」

「わたしは、甲姫じゃ」

「甲姫さま！」

前将軍の娘、とすぐわかった。

主水が、歩き出そうとすると、甲姫は、

「いやじゃ！　行ってはいや！」

と、ぱっと裳裾をひるがえして、行手をさえぎった。

主水は、みるみる悲しげに泪ぐむ顔を見て、

――これは！

と、胸を打たれた。

こちらの考えを訂正しなければならないのではないか。

栄華の中にたてまつられながらも、この姫君もまた、不幸なのであろう。心から、じぶんをいとおしんでくれる者を、身近にもたず、まことの愛情に飢えている――それが、この泪なのだ。

孤独で育った主水には、それが、はっきりとわかった。

「姫さま。今日は、急ぎますゆえ、失礼いたしますが、後日、かならず、お屋敷へおうかがいつかまつります」

主水は、双眸に慈愛の色をこめて、そう云った。

「ほんとうかえ？　嘘ではあるまいな？」

「余人は知らず、このきらら主水は、お約束はたがえませぬ」

事実、主水は、

――この姫君とは、いずれ、もう一度会わねばなるまい。

その予感がしたのである。

主水は、一礼して、すたすたとあるき出した。

甲姫は、そのうしろ姿を、じっと見おくっていたが、

「きらら主水――」

と、つぶやいて、あどけなく、くびをかたむけていた。

主水が、松倉町の旗本小路へ入って行った時、斜陽は血のように赤味をおびて、左右の土塀を染めていた。

町家通りならば、いま刻は、あわただしい雑音がたちこめているのだが、ここは、夕鴉の啼く声が、澄んだ空気をふるわせて、高くひびく静けさにつつまれていた。

主水は、ぴったりと扉のとざされた相馬家の門前に立った。

潜り戸を押してみたが、これも、うちから開かないようにしてあった。

「宵より閉めて、寝る家の、見越の松がにくらしい、か。きってやる木じゃあるけれど、思いきる気はさらにない」

のんきそうに小声でうたいながら、塀に沿うて、二間あまりあるいた主水は、瞬間、さしのべられた、松の太枝へ、ひらっと、とびついていた。

かるがると、庭へとび降りるや、

「さてと――槐か」

と、するどく、ぐるりを見わたした。

小えんと伊太吉が、相馬修之進の臨終を見とった時、遺言としてきいたのは、

「庭の槐の根かたを掘ってくれ」

ということであった。

主水は、まず、それから手をつけようとしているのであった。

「お――あれだな」

見つけて、一間のま近に寄ってみて、主水は、

「ふむ――」

と、腕を組んだ。

根かたは、すでに一尺あまり掘りかえされてあったのである。

主水の脳裡を、この家の座敷で出会った奇妙な盗賊の、朱の横笛を頬に浮かせた顔が、ちらとかすめた。

——あいつか？　それとも？

と、小首をかしげたとたん、主水は、背後にせまる害意をこめた気配をさとった。

だが——。

そ知らぬふりで、もう一度、根かたをのぞく——とみせかけて、一瞬、主水は、槐の幹のむこう側へ、ぱっとまわっていた。

間髪の差で、主水が立っていた空間へ、猛刀が、うなりをたてて、斬りおろされていたのである。

主水が、顔をつつんだ刺客を、冷やかに見すえて云った文句は、あいかわらず、皮肉なものであった。

「お前さんのような猪が出るのを、こっちは期待してやって来た——としたら、どうだ！」

「……」

敵は、無言で、青眼にかまえて、つまさき刻みに、じりじりと肉薄して来る。

相当の使い手である。それだけに、必殺とおごった最初の一撃を、あざやかに躱された憤激は、全身に満ちている。

主水は、鯉口をきって、いったん、つと、出るとみせかけ、敵の切先が、それへうごくや、また、ぷい、と幹のむこうへ、身をかくした。

「出い！」

敵が、吼えた。

「誘えば、出よう」

「うぬがっ！」

ツツッ……と、一間をすべって、幹の横へ立つや、こんどは、主水は、その反対側へ、すばやく姿を消していた。

「くそっ！」

からかいに乗ってはならぬと知りつつも、刺客は、憤激にあせりを加えざるを得なかった。

槐の幹もろとも、主水を斬り倒さん勢いで、だだっと突きかけた。

このせつなを、主水は、待っていたのである。

くるっと幹をひとまわりするや、その背後へ躍り出ていた。

「出たぞ、おい！」

「おのれっ！」

満面を朱に染めて、むきなおったやつへ、主水は、気合もろとも、一閃をあびせた。

しかし――。

大きくのけぞった敵の五体から、血汐は噴かなかった。

峰打ちであった。

刺客が、意識をとりもどした時、その四肢は、ぎりぎりにしばりあげられていた。

主水は、悠然と置石に腰をおろしている。

もうすでに、すっかりのこり陽が落ちていて、一間へだてたおたがいの顔も、昏れようとしていた。

ただ、眼光だけが、強い勢いで宙にぶっつかった。

「殺せ！」

刺客は、呻くように叫んだ。

「せっかくのこっちの慈悲を、もらわぬという手はない」

主水は、薄闇の中でにやりとした。


その時刻――。

小えんは、すっかり闇につつまれた殺風景な広い部屋の中に、ひっそりと坐っていた。

三方が壁、一方が杉戸である。杉戸は、外から鍵がかけられてある。

畳は、かびくさく、しめっていて、人の出入りが久しくなかったとわかる。

いや、つれ込まれたこの大きな家が、空屋敷のように、玄関までの敷石が、枯草で掩われたままであったのを、小えんは見ている。

それにしても、宏壮なかまえは、おどろく程だった。

駕籠からひき出された時、

――どこのお大名だろう?

と、思ったものだった。

「おとなしくいたせば、危害はくわえぬ」

そう云われて、しかたなく、小えんは、運を天にまかして、ここへ来たのである。

——仏さまは、どうしたんだろう。

ぼんやりと、そのことを考えた。一緒に、はこばれて来た様子はなかった。

小えんの懐中には、相馬修之進が持っていた白玉がある。

屋形船へ、二人の武士がおどり込んで来た時、小えんは、亡骸のそばに坐っていた。べつに抵抗もせず、つきのけられたままに、片隅で身をすくめたのだが、いつの間にか、白玉を手にしていたのである。どうして、そうしたのかじぶんでも、ふしぎであった。

駕籠にのせられた時、それを持っているのに気がついたのであった。

——いつまで、すてておくつもりなんだろう。

膝をくずして、いまいましげに、ひとつ溜息をもらした時——。

それにこたえるように、跫音が、廊下でした。

杉戸を開けて、ぬっと入って来たのは、手燭をもった山岡頭巾の武士であった。恰幅も堂々としていたし、熨斗目の紋服をつけていた。

頭巾のかげからはなたれる眼光は、威圧してくる凄みがあった。

小えんはひるまずに、にらみかえして、

「いい加減で、かえして下さいまし」

と、最初の言葉を、こちらから投げた。

すると、その大きなまなこが、ふっと細められて、

「辰巳芸妓できたえたその度胸が、こちらに必要なのだ、小えん」

と云った。

素姓を、ちゃんと知っていたのである。

はじめて、小えんは、名状しがたい恐怖がわくのをおぼえた。

「おどろいて居るな。……わしの部下が、お前があまり美人なので、ここへつれて来た。ところが、それが小えんであるとわかってみれば、部下がそうしたのは当然であったと納得したところだ」

「旦那は、いったい、どなたです？」

小えんは、一瞬の恐怖を、けなげにも、抑えつけると、きりりとまなじりを張って、たずねた。

「わかる時がくれば、わかる」

「気をもたせるんでござんすねえ」

わざと、うすら笑って、からだの線をくずしてみせたとたん、

「ただし、行動の方は、気をもたせぬぞ」

と、あびせて来た。

「どうなさろうと仰言います」

「おまえを、わしの輩下にするということだ」

「ごめん蒙ります」

きっぱりとはねつけた。

「何様だか、まるっきり正体もわからないお方にこきつかわれるなんて、まっぴらでござんす。たとえ、いいことをなさいますのでも、これは、小えんの性分に合わないことでございます」

すると、対手は、頭巾の中でひくく笑ったようであった。

「おまえは、ここへつれて来られた。それが、すでに輩下になると約束したことになるのだ」

「あたしは、なにも、すき好んで、のこのこと、こんな化物屋敷みたいなところへ参っ

たのではございません。旦那は、ずいぶん、勝手なことを仰言いますねえ」

「そうさ、こういう勝手なやりかたで、これまで通して来た男だ、わしは――。これからも通してみせる所存だ。これが、通るのだから、世の中は面白いではないか」

「ふん。あいにく、今夜はそうは参りますまいよ」

小えんは、はきすてると、武士は、のそりと一歩ふみ出して来た。

小えんは、敵意をあらわにして、からだをひきしめた。

「わしは、若い女を輩下にするには、まず、自分のものにして置くという手段をとる。これには、いままで例外はつくらなかった」

「ちぇっ！」

小えんは、あたまの簪を、抜き持った。

その必死な、身がまえを、武士は、いっそ愉しむように、鋭い眼光へ、残忍な色をくわえた。

小えんが、一瞬、はじかれたように立ちあがって、壁ぎわへしりぞくのを待って、武士は、ゆっくりと迫った。

手をのばせば、とどくところまで間隔がちぢまるや、小えんは、とっさに、簪を、わがのどに擬した。

「そこから、一歩でもうごいてみやがれ、辰巳女の血の色が、どんなに赤いか、みせてやる！」

憎悪をあふらせたその顔は、しかし、対手の目には、この上もなく凄艶なものに映ったのである。

のしかかるように、武士の巨軀が来たせつな、小えんは、目をつむって、ほんとうに、わがのどめがけて、簪を突き入れた。

だが、その先が、皮膚にふれたかふれぬ間髪の差で、簪は、対手の手刀で、はねとばされていた。

「なにしやがるんだい！　けだもの野郎！」

両の手くびをつかまれた小えんは、べっと唾をはきかけた。

首をねじって、かわした武士は、

「抵抗されれば、抵抗される程、可愛がり甲斐がある。わしは、そういう冷酷な性格に生まれついて居る」

「鬼めっ！」

「いかにも、鬼だ」

じりじりと、小えんの両腕をねじって、うしろへまわさせると、ぐいっと抱きしめた。

小えんは、無我夢中で、その肩へ噛みついたが――。

武士はそうさせておいて、片膝を、小えんの両膝のあいだへ入れるや、ひとひねりして蹴りあげた。

じいんとしびれた小えんの片脚があっけなく、はねあがり、裳裾が散って、ぱあっと緋縮緬の花が咲いた。

あっとなって、思わず、肩にくいこませた歯をはなした――その隙をはなさず、武士は、そのしなやかな肢体を、畳の上に押し倒していた。

「ちきしょうっ！　ちきしょうっ！」

死にもの狂いにもがいたが……所詮、それは、男の獣心をあおりたてることに役立つだけであった。

成程、こうした荒業には、充分に経験を積んでいるおそろしい人物だったのである。

――ああっ！　もうだめだ！

小えんは、絶望の目くらみをおぼえた。

——きらら主水のばか！　あたしを、お前さんのものにしておかないからこんなことになるんだ！　あたしがどうなってもいいのかい、お前さんは！

そんな叫びも、心の片隅であがっていた。

ついに——。

全身の力がぬけた。

——勝手にしやがれ！　あとで殺してやる！

まぶたをとじて、顔をそむけて、小えんは、観念した。

その時である。

突然、武士が、小えんの上から、すっと立つや、杉戸へ走ったのは——。

ぱっとひき開けて、闇の廊下へ、凄じい大声をつらぬかせた。

「出あえっ！　床下に、曲者が忍んで居るぞっ！」

それにこたえて、かなたから、はげしい勢いで庭へ飛び出す多勢の跫音がひびいて来た。

山岡頭巾の武士の直感は、見事であった。

ふたつの龕燈が照らした床下に、まさしく、ひとつの黒影が、うずくまっていたのである。

光の輪の外へ、のがれようと、かなりの、素迅さで、走ったが、さらに、三つの龕燈が、加わるや、観念したか、動かなくなった。

「出て来い！」

叱陀されるや、わるびれず、それにしたがった。

焔をあびて、眩しげに、眉をしかめた顔は、南町奉行所の町方定廻り与力戸辺森左内のものであった。

小えんが、屋形船でつかまったのを、物蔭から見ていて、そっと尾けた来たのである。

山岡頭巾の武士が、雨戸を一枚くった縁側に出て来て、

「面をこちらへ向けろ」

と、命じた。

そして、そうした左内を、じっと見おろして、

「犬か、犬なら床下へもぐって居ったにふしぎはないが、よくかぎつけたの」

と、云った。

左内の方は、

――これはよほどの大物だな、おれを殺すかわりに、生かして使おうと考えるだけの器量を持っていそうだ。

と、狡猾な直感力をはたらかせていた。

このおり――。

小えんがとじこめられている部屋では、杉戸が音もなく開いて、

「姐さん――」

と、しのびやかに呼んだ者がいたのである。

小えんは、闇の中に立つ影を、すかし見た。ぬすっとかぶりの、黒ずくめの男である。

「逃がしてあげよう。ついて来るがいい」

おちつきはらった声でいった。

小えんは、夢を見ているような思いで、廊下へ走り出た。

男は、屋敷内のすみずみまでくわしい足どりで、明りのない廊下を過ぎ、小部屋をぬ

け、たちまちに、台所の板の間へ立っていた。

「味方のおひとは、つかまったらしいじゃござんせんか？」

小えんが、ささやくと、

「味方じゃない。こっちの知らぬ御仁が、都合よく床下にもぐっていてくれただけの話でね。おかげで、おまえさんを救い出すことができた。もっとも、わたしは、べつに、おまえさんを救い出すつもりで、忍び込んだわけじゃないんだが――」

勝手をぬけ出ると、男は、よほどの度胸の持主とみえて、あたりに気をくばる態度もみせず、小えんをつれて、すたすたと、物置をまわって、裏門へむかっていた。


きらら主水は、恰度この時、裏門前の往還に、ひそとたたずんで、塀をのりこえることを考えていた。

相馬家でとらえた刺客を責めて、そのすみかだけを白状させて、やって来たのである。首領の正体を吐かせようとしたが、そればかりは武士の面目として云えぬ、と拒まれると、それをゆるすだけの鷹揚さが、主水にはあった。

――虎穴に入らずんば、虎児を獲ずか。

その肚ぐみで、やって来たのである。

塀ごしの松の枝を物色しつつ、ゆっくりと、歩を移していると――。

裏門が、ひらき、ふたつの影が、出た。

――おっ！

月明りに、その姿をすかし見た主水は、ふっと、ひとり微笑した。

女は、小えんである。

そして、男は、相馬家で、刃を交えた笛ふき天狗と称した盗賊にまぎれもない。

この男が、小えんをすくってくれた――その偶然に、なぜか、主水は、ふしぎなあかるさをおぼえたのである。

うっそりと立つ主水の孤影を、こちらの二人は、一瞬警戒すべきものに見たが、すぐに、笛ふき天狗の方が、ははは、と笑った。

「きらら主水さんか。因縁らしい」

これをきいて、小えんが小さな叫びをあげて、走った。

「先生っ！　たすけに来て下すったんですね。うれしい！」

「ひと足おくれて、せっかくの主役を、あちらさんにとられて、恰好がつかぬところだ」

　主水は、苦笑して、すがりつく小えんを脇へどけると、つかつかと、笛ふき天狗に近よった。

「おい、おぬしが、しようとしていることと、おれがやろうとしていることは、どうやら同じらしいな」

「いや、することは同じでも、目的はちがいましょう」

　笛ふき天狗は、そうこたえると、かるく一礼して、踵をまわした。

「おい待った。……おれは、おぬしの、味方になれそうな気がして来たが、どうだ？」

「あいにくですが、わたしは、ひとりでやるのが性に合って居りますし、この仕事はまたそうでなければなりますまい」

　ふりかえった双眸が、月光を吸ったせいか、甚だつめたいのに、主水は、むっとなった。

「そうか。よし！　それでは、おれは、おぬしの競争者として、だし抜く手段をとるぞ」

「御随意に――」

「おぬしの正体もつかまえねばならぬし、相馬修之進の遺書もとりかえす必要がある。第一、勝負あずかりのままだ」

笛ふき天狗は、それにこたえるかわりに、

「お若いあなたは、ほかにすることがおありだと思いますが」

「盗賊ずれの忠告は受けぬ」

「もちろん——ご自分のことはご自分でお考えになるのが一番だ。……ご免を蒙ります」

こんどこそ、笛ふき天狗は、ひきとめられても二度とふりかえらぬという足のはこびかたで、遠ざかって行った。

主水も、むっつりと、腕を組んで、反対側の方角へあるき出した。

小えんは、いそいそとついて行きながら、

「安心して下さいまし、大丈夫でござんした」

「……」

「ほんとに、大丈夫でござんした、あんなげじげじ野郎に、この小えんがなにされてたまりますか！」

ひとりで、かってに、先刻のことを思い出して、りきんでみせたのである。

「げじげじ野郎とは、誰のことだ?」

「頭巾をかぶった、でっぷり肥った、——ああ、ぶるぶる、七里けっぱい、もうたくさん」

「おまえを手ごめにしようとしたところをみると、大した野郎ではなさそうだな」

「なんですって! それは、こんなつまらない女を——って意味ですか?」

「いや、大事をなそうとする大物なら、美人を見ても、そうがつがつといきなりくらいついたりせぬだろうということだ」

美人といわれて、小えんはくすと笑った。

遠くから、夜風に乗って、澄んだ笛の音が、つたわって来たのは、このおりだった。

主水と小えんは、足をとめて、ふりかえった。

霊妙——というのは、この音のことであろう。

空に流れて、そのひびきは、月の光をいちだんと冴えさせるように、美しかったのである。

「あのひとが、腰に笛をさしていました」

小えんが、ささやいた。
――おれよりも、役者が二三枚がた上にできている。
主水は、胸のうちでつぶやいて、なんとなく微笑した。
ふたたび、あるき出してから、主水は小声で、うたいはじめた。

磯の千鳥か、横笛か
忍ぶ恋路の浜づたい
よせる仇波　仇枕
かわしてかえる短夜の
なごりおしくも
冴える月

うたいおわった瞬間、主水は、小えんの手をつかんで、急ぎ足になった。
化物屋敷の裏門から、どっと走り出る多勢の跫音がこの風雅の静けさをやぶったからである。

# 刺客往来

およそ十五間もあろう豪壮な矢倉門に、いま朝陽がさしそめて、左右に開かれた巨大な扉の、後藤彫の彫物の金箔が、さらっさらっと、かがやいている。

五六人の中間が、しきりに、水を打ったあとへきれいに箒目をつけていた。

当時――。

江戸の町は、武家屋敷はもとより町家でも、門前の道路を塵ひとつとどめずに、掃ききよめておく美しいならわしがあったので、朝の眺めは、まことに清らかであったという。

黙々として、このつとめを終えた中間たちが、力をあわせて、門扉をとざそうとしたおりであった。

ふいに――。

ひとつの影法師が、長くのびて、門内まで匍いこんだ。

「おっ――なんだ？」

「無礼な！」

中間たちは、目をいからして、ふみ入って来ようとする者を、とがめた。

着流しの浪人者で、無気味なことに右腕は肩のつけ根から無く、袖がダラリと垂れていた。風貌は、魁偉といえた。

「このお屋敷を何様だと心得る」

左右から、六尺棒をつき出されて、浪人者は、平然として、

「将軍家御実父一橋治済公の下屋敷と知って、通る」

と、こたえた。

「願い事があるなら、そこの番所を通して、申し出い」

「その必要はない」

「なにっ！」

「拙者は、治済公より正客として招かれた者だ。正客が、表門から入るのに、なんのふ

しぎがある！」

「素浪人者が、正客などと——たわけたことを——」

「それがそうなのだから、面白いではないか。……貴様ら箒持ちにはわからぬ！　用人へ取次げい。黒柳新兵衛が参上したと——」

浪人者の言葉が嘘でなかった証拠には、奥へ走った中間の一人が、あたふたと戻って来た時、奇妙なとまどいの表情をつくっていたのであきらかであった。

黒柳新兵衛は、堂々と、表玄関から上って行った。

侍女にみちびかれて、長い廊下を幾曲りかして、通されたのは、立派な奥書院であった。まさに、正客として遇されている。

新兵衛は座につくと、いきなり、ずけずけと、

「酒をいただこう。久しく、うまい酒にありついて居らぬ」

と、所望した。

侍女は、あっけにとられて、新兵衛を見たが、黙って一礼するとさがって行った。

新兵衛はあくびをすると、大あぐらをかいた。

くぼんだ眼窩の奥の光、異常に突出した顴骨と角ばった顎、鷲鼻、漆のような黒い

髯、肩幅の広さ、腕の逞しさ——すべての造りが、どうやら三百年あまり生まれるのがおそきにすぎたとおぼしい男であった。

一剣をもって家名を興す世にめぐまれない不満が、かように、その容姿の雰囲気を、すさまじいものにしているのであろうか。

酒が、はこばれて来た。

御殿用の華奢な容れものではなく、大きな朱塗りの角樽であるのを見て、黒柳新兵衛は、にやりとした。

「——酌は、無用だ」

つめたく、侍女をことわって、角樽をひき寄せると、栓を口でくわえて、ぽんと抜いた。

それから、半刻——。

そのあいだ、ついに、誰人もあらわれず、新兵衛は、一滴あまさず、角樽を干していた。

その空樽を枕にして、ごろりと仰臥して、まぶたをとじる。

そのせつな——。

武者隠しから、音もなくあらわれた一人の武士が、無言で、手槍を、さっとくり出した。

どう避けたか、新兵衛は、次の瞬間、隻手に、樽の手掛けをつかんでつき出していた、槍の穂先は、その樽底へ、ぐさっと突き立っていたのである。

新兵衛の眼光は、らんらんとして、みじんも酔いをとどめていなかった。

当時、武家屋敷の賓客は、差料を、玄関わきの刀架け へ置くならわしであった。

新兵衛は、脇差ししかおびていなかった。

すでに、背後の襖が、ひきあけられて、二名の武士が、白刃を青眼にとって、すり足で、肉薄して来ている。いずれも、手練の腕前と知れる。

新兵衛は、槍つき樽を持ったまま、徐々に腰をあげた。

完全に、すっくと仁王立ちになると、その口から、

「ええいっ」

と、殺気をはじきかえすもの凄い気合が発するのと、同時だった。

ぱっと、樽底から、穂先を抜いた新兵衛は、

「おっ！」

と、とびすさろうとした突き手の手もとへ、飛鳥のごとくとび込んで、樽で、その顔を、撲った。

「ああっ！」

と、悲鳴をあげてのけぞるのをうしろにして、新兵衛は二本の白刃へ、対い立つと、

「ちったアできそうだが、人を斬った構えではないぜ」

と、せせら笑った。

攻撃者たちの顔面が、しだいに青ざめた。

新兵衛は、角樽をだらんとさげて、冷然たるものがある。

「どうした？　斬って来ぬか？」

ゆっくりと、新兵衛が、一歩ふみ出した。

「とうっ！」

誘いに乗った一刀が、大上段にふりかぶられ、だっと、大きく弧を描いて、新兵衛の頭上へ振りおろされた。

その一瞬、新兵衛は、にやっと白い歯を見せた。

角樽は、その必殺の白刃へ、噛みついた。武士は、両手がしびれて、ぽろりと、柄を

はなした。

と、みたせつな、新兵衛の五体はおそろしい迅さで躍って、もう一人の攻撃者の脇へぴたっと吸いついていた。

そして、武士がよろめいた時、もう、その刀は、新兵衛の手に移っていたのである。

あっという間に、攻守は、そのところをかえてしまった。

二人は、ひとしく、無手になり、新兵衛は、刀をわがものにした。

「おぬしら、よく、それで刺客がつとまるのう」

あざけられて、二人は、まったく血の色をうしなってじりじりとさがった。

この時、廊下から、悠然と入って来た者があった。

山岡頭巾をかぶって、目だけのぞけている大兵の武士であった。（読者にはすでに馴染である。小えんを犯そうとした人物にまぎれもなかった）

「黒柳新兵衛、酒におぼれながらも、いささかも、腕をにぶらせていないとは、みごとだな」

そう云って目で笑った。

「こういうもてなしだろうと思っていたのだ。どうせ試すなら、道場稽古だけに精進した青二才でなくて、せっせと人を斬った手輩を用意されるがいい」

憎たれ口とともに、がらんと刀をすてておいて、新兵衛はもとの座にもどった。

頭巾の武士は、刺客たちをひきとらせておいて、上座に就くと、

「その腕を、いくらで買おうか？」

と、たずねた。

「仕事次第でござろうな」

憮然たる返辞だった。

「天下を左右する大仕事だと思ってくれてよい。安くは買わぬつもりだ」

「ふん――」

新兵衛は、大して興味もなげに、鼻をならしたが、

「お手前様は、一橋公にしては若すぎるが、いったい、どなたでござろう？」

「わしの輩下は、血祭殿と呼んでくれている」

「そうおぼえておけと申されるなら、それでもかまわぬ。どっちでもいいことだ」

「わしの命令は、一橋公の御意志だと思ってもらいたい。……おぬしののぞむ報酬をきこう」

「成功のあかつきには、一万両――」

「なに！」

「と申したいところだが、一年三百六十五日、酒のきれる日がないようにはからって頂けるなら、ほかにのぞみはござらぬ」

「無欲だの。一万両はちと無理な話だが、二千両ぐらいは、いま渡してもよいぞ」

「金は、人間に生命を惜しくさせるが、酒は、人間にいかなる無謀な行動をもとらせる――血祭殿は、拙者に、後者の方をのぞまれるのではござらぬか」

そう云って、新兵衛は、からからと笑った。その声は、どことなく、うつろであった。

「では、おぬしにしてもらう仕事だが……」

「……」

新兵衛は、あらたに、侍女がはこんで来た角樽の口をあけて、大盃へ、なみなみとついだ。

「まず手はじめに、斬ってもらいたい男がひとり居る。きらら主水という若い浪人者だ。これは、腕が立つ」

新兵衛は、片眉をぴくっと痙攣させただけで、大盃を、ぐうっと飲み干した。

「われわれが、捕えた美しい鯛が、網からにげて、その浪人者の魚籃に入ってしまった模様だ。その鯛の生きづくりをやらなければ、われわれの企図している宴会はひらけぬのでの」

「そいつを斬ったら、次は？」

新兵衛は、そんな仕事は、すんだも同じだという調子で、うながした。

「われわれの計画を邪魔する連中を、片はしから、あの世に送る。手強いのは、みな、おぬしへまかせる」

「反対派の頭目はもうおわかりか？　どうせのことなら、面倒だから、一挙に片づけて、あとは、酒をくらって寝そべっていたい。これア、正直なところでござる。だらだらと人殺しをつづけるのは、性分に合わぬし、その途中、お手前様の方が反対にやられる場合だって考えられる。そうなると、アブハチとらずになって、こっちまで生命があぶなくなる」

「勿論、われわれの仕事をはばんで立つ者が、江戸城中に居ることはまちがいない。その動きも、はっきりとみせている。しかし、まだ、雲の中にひそんでいて、正体がつかめぬ」

「お急ぎになることだな」

「網は、ひろげてある。すておいても、むこうからひっかかって来ることはまちがいない」

「わかり申した。……では、きらら主水の住所を教えて頂こう。鯛の方もつかまえてどって参ろう。酒のさかなに、ちょうどいい……」


ところで、同じその日――。

小えんが、少女たちに踊りの稽古をつけ終って、茶の間で、やれやれ、と一服すいつけたところへ由香が、二階から降りて来て、

「すみませぬが、主水様のお屋敷をお教え下さいませぬか?」

と、たのんだのであった。

小えんは、ひやりとした。

化物屋敷から救い出されて、主水とともに、わが家の前まで、戻って来た時、

「妙な因縁で、おまえたちが見とった仏の娘を、預けてあるから、当分かくまってく

れ」

と、たのんでおいて、主水は、内へ入ろうとせず、そのまま、すたすたと立去ってしまったのであった。

半信半疑で、茶の間にあがってゆくと、その言葉通り、見知らぬ武家娘が坐っていたのだ。

その美しい顔を一瞥した瞬間、小えんは、なんとなく、ひやりとしたものだった。女の直感というやつであった。

その時のひやりよりも、いまのひやりの方が、ずっとひやりであった。

——おいでなすったよ。どうしよう？

かすかな狼狽で、小えんは、われにもあらず、そわそわした。

「左様でございますねえ……道のりもございますし、よく家をおあけなさいますし……近いうちに、きっといらっしゃるのじゃございませんかしらね」

「お待ち申しているのはなんでもありませぬが、ご当家にあまりご迷惑をおかけしてはと存じますし——」

「いいえ、とんでもない！」

――あの家へおしかけられる方が、こちらにはご迷惑でございます。

とは、胸のうちのことだった。

「それに、わたくし、少々思いきめたこともございますので――」

「でも、外へお出になるのは、危険じゃございませんか。敵のやつらは、鵜の目鷹の目で、お嬢さまをさがしているんだと思いますよ」

由香は、微笑して、

「人には、おのずから運命というものがあるのではないでしょうか？　もし、外へ出て捕えられるようなことがあれば、それもさだめでございます。……ただ、わたくしはいつの頃からか、大きな苦難を通らなければ、幸せが得られないような――そんな予感がいたして居ります。苦難に負けまい、と思います」

――しっかりしていなさる。

小えんは、嫉妬をおこした自分を、はずかしく思った。

――しっかりおしよ、小えん姐さん、辰巳芸者の心意気ってものを、どこにおき忘れちまったんだい。みっともないやね。

小えんは、云った。

「お行きなさいまし。先生は、きっといらっしゃいますよ」

夜が来て、由香は、お高祖頭巾で顔をつつんで、小えんの家を出た。

伊太吉を供につけよう、と小えんがすすめてくれたが、ことわったのである。

じぶんの運命をためす——その決意が、あえて、由香をただひとり、危険な道へ歩み出させたのであった。

南割下水へ行くには、小名木川の高橋を渡って、まっすぐなひとすじ道であった。

由香は、何も考えず、ひたすら道を急ぐことにのみ心をあつめた。南と北の両森下町のにぎやかな通りも過ぎ、弥勒寺橋を渡って、大名屋敷と寺院の長い土塀にはさまれた寂しい場所へさしかかった。

——だれかが、尾けて来ている！

その予感は、ずうっと、脳裡の片隅にあった。そのために、何も考えないことにして、急いだのであったが……。

にぎやかな町屋通りから、急に、寂しい人通りに入ると、この予感は、いやでも、じぶんに、覚悟をうながしてくる。

由香は、数間うしろに、忍び足の音をはっきりききいたのである。

いっそ、墨を流したようなまっ暗闇であれば、身をかわす方法もないことはなかったが、あいにく月はなかったが、星があかるい晩であった。

数間へだてても、はっきりと動く影は、とらえられるのである。

――やはり、ひとりで出て来たのは、無謀だったろうか？

一瞬、心にひるみが生じた。

――いいえ！　わたくしは、運命に負けない、と小えんさんにも云ったのだもの！

由香は、懐剣を、すぐに抜けるようにしておいて、さらに、足をはやめた。

すると、うしろの足音も、それに歩調をあわせた。

もはや、尾けられていることはうたがいないものとなった。

常盤町のあかるい店ならびにさしかかると、由香は、ちらっと、ふりかえってみた。

職人ていの若い男である。

見られても、平然として、立ちどまって、顔をまっすぐに立てているのであった。

小えんの家を昼夜交替で見はっていた一人に相違なかった。こちらが武芸をならった武家娘と見て手出しをしないのか、それとも手出しをするなと命じられているのか、どこまでも執拗に尾けて来るこんたんとみえた。

もちろん、一人だけだから、おとなしくしているので、味方を呼ぶことができればぱ、じっとはしていない筈である。

由香は、かまわず歩き出した。

すぐに、竪川に架けられた二つ目の橋へ来た。

由香が小走りに渡りきったとたん、橋の上で、突如、どどっと争う物音がおこった。

はっとなって、ふりかえった由香は、意外な光景を、そこに見た。

じぶんを尾けて来た男にむかって、もう一人、別の人間が、躍りかかっていたのである。

勝負は、あっけなかった。

橋の欄干におしつけられた男はそのまま、弓なりに反ったかと思うと、一廻転して、流れへ、大きな水音たてて落ち込んでいた。

由香は、襲った方が、うしろに置いた提灯をとって、のそのそと近づいて来るのを待った。

紺看板に梵天帯、股引に草鞋で木刀を一本さしている。

どこかの中間が、使いの途中といういでたちであった。

警戒をゆるめずに、ひとみをこらしていた由香は、距離が、ちぢまるや、急に、緊張がとけるのをおぼえた。

といって、知り人だったわけではない。

さあ見てくれ、といわぬばかりに提灯をかかげて、闇に浮きあがらせたその顔が、なんとも飄逸なものだったからである。これ以上みごとな特徴はないといえるのはおそろしく長いあごであった。

「わたくしのために、あの男を突き落されたのでしょうか？」

おちついて、そうたずねてみた。

「敵が尾ければ、味方も尾けるとお考え下さい。もっとも、いつも、こういうあんばいに、うまくいくとは限りませんがね」

あごは、にやにやした。

「あなたは、わたくしをまもるように、どなたかに命じられているのですか？」

「そう思って頂いてよろしいのですが……てまえの主人は、気まぐれでしてな、あなたさまが、危険にさらされているのを、当分、だまって眺めているように――と申して居ります。だから、もしかすると、てまえが、あの男に川水を呑ませたことを、主人は、つまらぬことをする、と叱るかも知れませんな」

「あなたのご主人は、どなたですか？」

い、あごは、それにこたえず、

「お送りつかまつります」

と云って先に立った。

由香は、そのひょろ高い後姿を見まもりながら、

――このひとのご主人は、きっと、父の友達なのだ。

と想像した。

あんな立派な人格の持主であった父に、尊敬をはらった友達がない筈はない、と思う。

――どなたであろう。

由香は、じぶんが知っているかぎりの父が交際していた人々の顔を、ひとつひとつ思いうかべつつ、じぶんに呟いたことだった。

――やはり、出てきてよかった。わたくしに、主水さまのほかにも味方がいることがわかったものだもの！

突然、先を行くあごが、

「きょう……あなたさまは、いちど、敵につかまってごらんになった方がいいかも知れぬ」

と云ったので、由香は、びっくりして、われにかえった。

「どうしてですか？」

「生命に危険はないからです。いや、大層鄭重なもてなしをお受けになることに相成ります」

「父を殺している凶悪な徒党ではありませぬか！」

由香は腹立たしく、云いかえした。

「お父上の場合は、やむを得なかった。あなたさまに対しては、敵の連中は、うやうやしくあつかう必要があるのです」

「その……敵というのは、どんな人たちなのです」

するとあごは、それにこたえずに、ふりかえって、

「どちらへお行きになるのです？」

「……」

由香はかんじんの質問はことごとく巧みにはずされるので、すこしつっけんどんに、

「お送りして頂かないでも結構です」

と、ことわった。

あごはけろりとして、

「こちらが勝手にお送りして居るのです。送らせておくぶんには、べつだんおさしつかえはありますまい」

と他人ごとのように云った。

人を食っているのである。それでいて、不快感を与えないのは人柄であろう。

由香が、そのまま、黙ってあるいたのは、たしかに、云われた通り、送られることにさしつかえはなかったからでもあるが、なんとなく、この男に親しみをおぼえたからである。

やがて――。

由香は、南割下水の一角に、きらら主水の屋敷を見つけた。

「とても人間さまが住めそうもないくらい荒れ放題にしてあるお屋敷ですから、この星あかりでもひと目でわかります」

と、小えんが教えてくれた通りであった。

「そこなのです。有難う存じました」

由香に指さされて、さすがのあごも、唖然とした様子をみせた。

「あれは空屋敷ではありませんか？」

「いいえ、りっぱなおさむらいが住んでいらっしゃいます」

由香は、きっぱりとこたえて微笑した。

あごの顔つきを眺めて、あらためて、おかしさをおぼえたのである。

「いやはや、どうも――あなたさまも、気まぐれなお嬢さまらしい」

「今夜は帰りませぬ故、見はっていて下さる必要はありません。それに、わたくしのおたずねするお方は腕がお立ちになりますから」

由香は、そう告げておいて、一礼すると、ためらわずに、傾きかかった扉もない門をくぐって行った。

この時、きらら主水は、暗い廃園のつくばいに腰を下ろして、星空を仰いでいた。

いつの頃からか、主水の孤独を癒やす唯一の方法は、空を仰ぐことにきめられていたのである。

澄みきった空の青み、さまざまの雲、月、そして星、――それらが、主水の胸中に生ませる想いは、深く、しずかなものであった。

幼い日の記憶は暗く、それを忘れようと努めたことが、この男に、こんな孤独の時間をもたせるようになったのであろうか。

空には、過去も未来もなかった。過去は、たちまちに消え、未来に生まれるものは現在とは無縁であった。

青空を愛し、雲を愛し、月を愛し、星を愛しながら、しかし、主水は、べつだんそれを歌に詠む風流を湧かしたわけではなかった。

ただ、ぼんやりと、おのれの生きているあかしを空に観ている――その静けさにあきなかったのである。

だが――。

主水は、今宵のおのれに、ある微かな焦燥があるのを意識していた。そして、それが何に因るものであるか不明であることが、心をおちつかせないようであった。

――おれは、どうやら、なまぐさい生きかたをしたくなったようだ。

おぼろげなこの宵闇を手さぐるように、そんな呟きが、脳裡を横切っていた。

と——。

遠く、玄関に案内を乞う女の声をきいて、主水は、瞬間、なぜともなく、この訪問者を待っていたような気がした。

つくばいから腰をあげて、母屋に入り、手燭をとって、玄関へ出た。

そこに——由香のすがたを見出すや、主水の顔には、かすかな当惑の色が刷かれた。

由香の方は、眸子を式台へ落して、

「無断でおうかがいいたしました御無礼のほど、おゆるし下さいませ」

と、わびた。

「おあがりなさい」

咎めの言葉を胸におさめて、主水は、うながすと、踵をまわした。

何ひとつ調度のない、さむざむとした部屋で対座すると、

「ここへ泊りに来られたのか？」

そう云って、主水は、じっと、由香を見据えた。

「ご迷惑でございましょうか？」

「迷惑でないとは云わぬ。しかし、あなたは、もう来てしまっている」

ははは、と笑ってみせてから、

「あなたの敵の正体は、まだつかめぬ。なまけていたわけではない。ただ敵の首領が、どうやら、非常な大物らしいので、これは慎重を要することだ、と柄にもなく、わたしの方で、思案中——といえばきこえがいいが、実は、正直なところ、とまどっているのです」

それから——しばし、沈黙があった。

由香の目は、なんとなく床の間に向けられていた。

このがらんとした座敷の唯一の彩りは、そこに飛青磁の花瓶になげ入れられた山吹の、明るいこがね色の花であった。

無造作になげ入れられたかとみえて、じつは、天地人の美しい調和と誇らかな気品をたたえているのは、目の前に坐っている人が、ただのひねくれ浪人でない証拠となろう。

床の壁に軸がないかわりに、脇棚の柱に、
春雨に匂える色もあかなくに
香さえなつかし山吹の花

とみごとな達筆にしたためられた短冊がかけてある。

これも、同じ人の手すさびとすると、そのたしなみは、そこいらの通人もいささか顔色なしである。

「主水さま――」

由香は、まなざしを、その男らしい顔へ移すと、

「わたくし、あなたさまにかくして居りましたことを、申上げにまいりました」

「……」

ふところ手で、うっそりと坐っている主水のすがたが、由香に、急に、この上もなく親しいものに感じられたのは、告白しようとしていることが、淋しい秘密だったからであろう。

「わたくし、じつは、相馬修之進のむすめではございませぬ」

「ふむ！」

主水の眸子が、一瞬、きらっと光を加えた。が、だまって、次の言葉を待った。

「いつか、父と母が、ひそかに交していた会話を、わたくし、ちらと耳にいたしたことがございますけれど……」

「それまでは、あなたは、相馬家に生まれたとばかり思っていられた？」

「はい」

「乳のみ児の時に、手渡されたということになる――？」

「そうでございました」

「まことの御両親については、もうご存じか」

「いいえ」

「お父上が非業の最期をとげられたのも、あなたがかどわかされようとしたのも、あなたの素姓の秘密が原因になっているというわけか」

自分に云いきかせるように云って、主水は、ちょっと、遠いまなざしになった。

「かくして居りまして申しわけございませぬ」

由香はあらためて、両手を、たたみについて、頭を下げた。

すると主水が、しずかに口にしたのは、

「いや、もしかすれば、そうではなかろうか、と想像していた、申したら、いかにも、小ざかしく、こちらの頭の働きをひけらかすようだが、そう想像したわけがある」

その言葉だった。

「おきかせ下さいませ」

由香は全身に緊張の色をしめした。

「あなたに、瓜ふたつの女人がいる！」

主水は、きっぱりと云った。

「しかも、それが、前将軍家の御息女ときている」

「まあ！」

「きかれたことはないか？」

「いいえ――」

由香は、からだが、かすかにふるえた。

じぶんの上に黒雲のようにかぶさっている大きな謎の一端に、まぶしい光があたった感じであった。

「あなたと、あの甲姫とは、他人のそら似ではあるまい」

「……」

息をのんで、まじまじと主水を見つめながら、由香は、

――でも、わたくしはわたくしなのだ。どんな秘密であるにせよ、わたくしは、じぶ

んの道を生きて行かなければならない！

と、心でちかった。

それから、思いきって、

「わたくしを、しばらく、おそばに置いて下さいませぬか？」

と、たのんだ。

主水は、ちょっと、にらむように、由香へ、視線をあてたが、すぐ、そらして、

「わたしは、ごらんのように、花も活けるし、料理もつくる。自慢してもいいくらいの腕前だと思っている。退屈すれば、空を仰いでじっとしている。……この気ままは、なるべく、他人にじゃまされたくない」

「申しわけございませぬ」

由香はなんとなく、泪ぐみそうになって、あわてて、顔を伏せた。

じぶんでは、このように不幸な身の上になって、ずいぶん、気が勝っているつもりであった。げんに、この夜を、ひとりで出て来たのである。

ところが、主水の前にわが身を置くと、どうしてこんなに心がくずれるのか、じぶんでもなさけないと感じられるくらいだった。

由香の心の奥を、作者が、かわって説明するとすれば――。

――わたくしが、はじめて、甘えてみたいお方が主水さまなのだ。

そのことであったろう。

由香は、父母を、まことの生みの両親と思っていたにも拘らず、幼い頃から、ほんとうにわがままを云ったおぼえがなかった。父母にとっては、かえってそれが不満であったようであり、父が、はっきりと口に出してそう云っていたことは、この物語のはじめで述べておいた。

主水に対する由香の気持は由香らしくないといえたし、またはんたいに、由香だからこそともいえたのである。

さらにまた、それから、しばらくの沈黙があった。

このあいだに、主水の心では、この一人ぽっちの美しい武家娘の哀しさを率直に受け入れようとする用意ができたようであった。

「由香さん――」

「はい」

「わたしは、あまり品行方正とはいいがたい男だ」

「……」

「あなたのように美しい女性と、ひとつ屋根の下にくらすことになると、どういうはずみで、けだものと化すか——これは、自分自身をいくらいましめても、制御しがたい仕儀となるかも知れぬ」

由香は、うつ向いて、ちょっと、こたえなかったが、ちいさく、じぶんに云いきかせるように、

「かまいませぬ」

「かまいませぬ?」

主水の顔面に、急に赤味がさしたようであった。

「はい——。主水さまが、そうしたいと思いなさいましたら……それでも——」

こたえつつ、由香は、あらためて、床の間の山吹の花へ、視線を送った。

——主水さまは、そのようなお方ではないのに、わざと、ご自分を無頼にみせかけておいでになる。

むすめ心は、そう呟いていた。

すると、それに冷水をあびせるように、

「由香さん、わたしは、今夜には、あなたの操を奪うかも知れぬのだぞ」

と、主水は、云ったのである。

由香は、怯じなかった。

ふっと、あでやかに微笑さえみせて、

「もし、そうなりましたら、わたくしを妻にして下さいますか？」

「負けた」

主水は、おどかしに乗らぬ聡明な純情を、貴いものに受けて、笑った。

この時――。

主水をして、顔から、笑いを消させる気配が、廃園で、した。

すっと立って、床柱にたてかけた刀をとると、「ここに坐っているがよい」と、ささやきのこしておいて、障子を、音もなく開き、そして閉めた。

廊下に、雨戸はなかった。

主水は、五間のむこうに――泉水を背にして、くろぐろと立っている長大の孤影を見出した。

しずかに、刀を腰におとして、

「わたしの生命が所望か？」

と、問うた。

対手は、無言で、大股に、ゆっくりと寄って来た。

「灯が欲しいものだな」

二間まで、間隔をちぢめて、対手がはなった第一声が、それだった。

――隻手だが、できそうだな。

と、見まもっていた主水は、

「よかろう」

うなずいて、座敷へひきかえした。

すぐに、手燭をもって、廊下へもどった主水は、

「おぬしの名は？」

「黒柳新兵衛」

「なんの遺恨がある？」

「遺恨はない」

「では、たのまれ刺客か？」

「左様――」

「見かけは、戦国武将の血でも流れていそうな御仁だが、走狗となるのは、よほど、根性がくさっていると思われる」

「酒のみでな――。毎日ありつくために、いやしくなった」

平然としてこたえて、新兵衛は、足場をはかり、

「降りて来い、きらら主水。……やろうではないか」

主水は、しかし、まだ動かず、

「おぬしに、おれを討てと命じた人間が、何者か、参考のためにきいておこう」

「これは意外だの。おのれの生命を奪おうとする敵を知らぬのか？」

「知らぬ」

「実は、わしも知らぬ」

「なに？」

「血祭殿と呼ばれている、と得意げだった。公儀の要職にあるとみたわい」

「ふむ――」

「正邪いずれにあるかは、わしの心の関るところではない。わしは、わしに、毎日酒を

与えてくれるという約束によって、働く。……どうせ、刀を抜くなら、対手が滅法強い方が、たたかい甲斐がある。まだ若いが、対手にとって不足はないとみえたぞ」

剣鬼！

このことばは、黒柳新兵衛のためにつくられた、といえそうである。

主水は、手燭を、そっと、縁端に置いた。

新兵衛の影をはじめ、庭さきの木や石の影が、大きくゆれつつ、位置を移し、地面は、暗くなった。

ほの赤い灯かげは、ちょうど、新兵衛の顔のあたりにあたって、闇ににじんでいる——。

主水の五尺のからだに、目に見えぬ鋭気がこもった。

と同時に——。

新兵衛の長身にも、さっと剣気がみちた。

「行くぞ！」主水が、ひくく、宣言した。

目にもとまらぬ迅さで、主水の腰間から、白刃が、鞘走ると——。

同時に、黒柳新兵衛の左手にも、一刀がきらめいていた。

主水は、地摺り下段、切先は沓脱石をさしていた。

新兵衛は、斜の構え。これは車の構えともいい、右半身より、右足を引きつつ、左半身になって、わずか、腰をおとす。刀身を、後方へ水平に引いて、敵の挙動に備える待ちの位である。

——こいつ！　ただの刺客ではないな！

主水は、この泰平惰弱の時世にも、やはり、おそるべき剣の使い手が、かくれ住んでいることを、あらためて、ひしひしと感じなければならなかった。

さきの夜は、笛ふき天狗という奇妙な盗賊の秀れた業前を見たし——。

いままた、容貌魁偉な素浪人の、一分の隙もない、剣気みちた構えを、眼前にしたのである。

好敵手を得た感動は、新兵衛の方にも、大きく胸に、四肢にあふれていた。

にやりとして、

「うむ！」

と、ひくく、うなったのが、感動した証拠であった。

つと——。

主水の片足が、沓脱石を踏んだ。

新兵衛は、動かぬ。

ぱっ——と、主水の五体が、斜横に、一間を跳んだ。新兵衛は、それにむかって、わずかに、体位を向け変えただけであった。

——若さを軽くみようとしたのは、あやまりだった！

その独語が、胸中にあった。

主水の飛躍は、じつに、おそるべき誘いだったのである。

新兵衛がそれを見やぶったのはさすがであった。

二間の間合を、主水は、すこしずつ、ちぢめた。

——おれの方が仆れるかも知れぬ！

その予感が、全く同時に、両者の脳裡をかすめすぎた。

つぎの一瞬、同じく、

——いや勝ってみせるぞ！

猛然とわきたたせた闘志が、四つの眼球を、火焰と化さしめた。

この時——。

奥座敷にいたたまれなくなった由香が、そっと、縁側へすべり出て来た。

固唾をのんで、そこに坐り、主水の勝利を、祈って、ひとし、組みあわせた両手を、胸にあてた。

吹くともない微風に、手燭の灯かげがゆれて、主水と新兵衛の庭に落ちた影もまた、ゆれた。

いかに、腕が互角で、毫末の隙もない固着状態が、長びこうとも、勝負というものには、おのずから汐合がある。

ついに――。

主水の下段剣が、秘術きらら剣法の位をきらっと生んだ。

間髪を入れず、

「おうっ！」

と、豪快な一声とともに、新兵衛の大刀は、大上段――切先を天に突きたてた。

「とおっ！」

「やあっ！」

二個の長軀は、魔神が地をとび立つに似て、灯かげを散らして、斬りむすんだ。

噛みあった白刃と白刃。

刺しあった眼光と眼光。

闘魂と闘魂は、生きのいのちのいっさいを動員して、この一刹那を、賭けた。

そして、数秒――。

ぱっ――と、いずれを迅し、いずれを遅し、ともせずに、飛びはなれた。

由香は、本能的にまぶたをとじて、もはや、ひらく勇気をうしなっていた。

じりっ、じりっ、と両者は、右まわりに、歩を移しはじめた。

すでに、おびただしい体力が、消耗されながらも、どちらも、汗もにじませず、鼻孔からはく息もいささかもみだれてはいなかった。

完全に、主水と新兵衛の位置が入れかわった時――。

新兵衛の双眸は、主水のうしろの縁側に、ひそと坐った女人のすがたを、映した。

とたんに――。

どうしたのか、新兵衛の構えにほんのわずかながら隙が生じた。

主水が、どうして、これを見のがそう。

「ええいっ！」

まっ二つになれと、必殺の刃風を送った。

新兵衛は、一間跳び退って、生茂った雑草の中に立った。

そのひたいから、たらたらと血汐が流れ落ちた。

「負けだな、黒柳新兵衛！」

凛然として、主水が、叫んだ。

新兵衛は、足の自由をうしなったのである。

「待てっ！」

「なに？」

「この勝負、後日に——待て！」

「生命が惜しいか！　その面構えにはじるがいい」

「いいや！　生命が惜しいのではない。理由は、ほかにあるぞ」

「云え！　理由如何によっては待ってもやろう」

「理由——はそこにいる若い女の顔についてのことだ」

「なに？」

あまりに意外な新兵衛の言葉に、主水は、唖然として、

「この娘の顔がどうした？」

するとそれに対する新兵衛の返事は、さらに奇妙だった。

「美しすぎる」

「莫迦——な」

主水は、苦笑した。

「おれが、娘の顔をほめたのがおかしいか」

「まことの理由をなぜかくす？」

「……」

「由香さんの顔について、おぬしは、何か秘密の記憶を持っているな？」

そう問いかける主水は、もう、刀を引いていた。

真剣勝負の殺気は、すでに、廃園から去っていた。

新兵衛は、刀身を、鞘にすべり込ませると、雑草の中から、のそりと出た。

「おれは、血祭殿から、おぬしを斬って美しい鯛を手に入れて来てくれ、とたのまれた。それが、その娘さんだったのか、皮肉なめぐりあわせだ」

「云えっ！　まことの理由を——」

しかし、新兵衛は、ふふふ、と自嘲のふくみ笑いをもらしてから、

「人間は、誰でも、古傷にはさわられたくあるまい。……心緒の乱れを恥と思わぬだけのなつかしい思い出が、その娘さんのおもかげによって甦った、とだけ云っておこう。嗤わば嗤え！　この黒柳新兵衛にも、青春はあったぞ」

「毎日酒にありつける約束をすてたか！」

「いいや。いずれ、日をあらためて、おぬしとは、勝負しよう。おぬしになら、斬られても、いささかも悔いはせぬ……但し――」

そこで、ちょっと言葉を切った新兵衛は、語気を鋭いものにして、

「おぬしは、その娘さんをどうするつもりだ？」

「きめて居らぬ」

「妻にするのであったら、おれは、手を引いてやろう」

「べつに、おぬしから慈悲は受けぬ。妻にするか、せぬか――自然のなりゆきにまかせる」

主水の水のように冷静な口調を、新兵衛は、小憎らしいものに受けとって、ぎろっと睨みつけたが、すっと身をしりぞけると、植込みの蔭へ消えた。

「おかしな荒武者だ。ひどう気をもたせたものだ。そのくせ、由香さんの素姓をきこうともしないとは――」

主水は、縁側へひきかえすと、由香に笑った。

「どうやら、あなたの顔には、途方もない秘密がかくされて居るらしい。大切にしなければなるまい。秘密をあきらかにした時、その顔が、わたしだけのものになるか、どうだか」

# 芝居茶屋

ここ――葺屋町の芝居小屋市村座は、立錐の余地もないという形容そのままに、東西桟敷、うずら、高土間、平土間に、ぎっしりと、超満員だった。

このたび新狂言「浮世柄比翼稲妻」の五代岩井半四郎の扮する白井権八の、水もしたたる若衆姿が、非常な人気を呼んだのである。

ちょうどいま、権八が、悪人本庄助太夫を斬りすてたところで、幕間となり、その美しさに酔うたどよめきが、一時に、どっと小屋をゆるがせていた。

だが――。

その中で、たった二人だけ、一向に、酔っていない場ちがいな客がいたのである。

平土間の莫座に、職人や町娘にはさまれて、窮屈そうに坐っている松平大和守千太郎英俊とその側頭役須藤九郎兵衛である。

千太郎の方は、しかし、役者の美しさにすこしも酔わぬかわりに、つめかけた見物衆の風俗や会話などを見聞する愉しさを、充分あじわっている明るい表情であった。

ところが、九郎兵衛と来たら、まるでもう、こんなけがらわしい場所に坐っていることそのものが、不快でたまらぬ、というおそろしい仏頂面であった。

今朝、千太郎が何を思ったか、

「爺、出かけるから、供をせい」

と、命じたのである。

「ほ——。いよいよ、大納言様にお会いめさる肚をおきめなされたか」

老人は、いそいそとして、供揃いを命じようとした。

すると、千太郎は、

「忍びだ。裏門から、こっそり出る」

と、云ったのである。

それでもまだ、老人は一橋治済訪問を疑わなかった。

葺屋町の木戸口までやって来て、

「はて？　こっちに大納言様の下屋敷がござったかな」

と、首をひねっていると、千太郎が、どんどん、大茶屋小茶屋のならんだ市村座の通りへ入って行くので、九郎兵衛は、唖然としたものであった。

「殿！　なんとなされる？」

大声で、とがめると、ふりかえった顔が、明るく笑って、

「芝居見物だ」

「しゃっ！　なんたるたわけ！」

九郎兵衛は、身ぶるいした。老人は、生まれていまだ、ただの一度も、左様な下賤な興行ものなど、見たことはなかったのである。

「爺、死土産に手頃だぞ」

「何を申されるか！　あの世に行って、先君様に、お詫びのいたし様もござらぬわい。九郎兵衛、八十年清廉潔白の生涯に、ただひとつの汚点をつけ申すことに相成りまするて」

ぶうぶう云いながらも、主君一人だけを入らせるわけにいかず、芝居茶屋から小屋に通ったのであった。

「殿！　もうそろそろ、腰をあげられてはいかがでござるかな」

九郎兵衛は、催促した。

「この狂言は、次の邸外の場が見せどころのようだな」

千太郎は、のんきそうな口調で云った。

「埒もない。あの白塗りの役者が、悪人を討果す際の腰つきは、いったいなんたるざまでござる。あれでは、大根も切れ申さぬわい。あんな見世物に、市民どもがうつつをぬかすとは、末世も沙汰の限りでござる」

多少、周囲をはばかった小声のつもりだが、それが普通の人の高声よりも、よく通った。なにしろ、武芸十八般できたえあげた声である。

「おうおう……お年寄のおさむれえさん！」

背後から、まき舌の啖呵口調で、呼んだ者があった。

「なんじゃ？」

九郎兵衛は、ふりかえった。

「芝居の殺しを、本物の剣術で、こきおろされちゃ、役者が可哀そうでござんすぜ」

そう云ったのは、いなせな兄いの板前伊太吉であった。

「黙れ！　河原者に竹刀稽古をいたせと申して居るのではないぞ。いやしくも、人一人を討果すには、それだけの肚が据って居らねば相叶わぬ。しかるに、なんぞや、あの白塗りめは、まるで、十日間も空腹をかかえた乞食にも劣るひょろつきぶりで――あれで、蠅いっぴきうち落せるか。そのぶざまを、貴様らがよだれをたらして眺めているのが、なさけないと申して居るのじゃわい」

「冗談じゃねえや。芝居の立ちまわりは、踊りの間、恰好のよしあし、見えをきるきれいさに、血のにじむような苦心があるんでござんすぜ。指一本動かす呼吸で、芸が生きたり死んだりするんだ。真剣勝負のばかっ力で、竹光をふりまわしたら、こいつは、こどもの戦さごっこじゃねえか。斬れるか斬れねえかは別として、その見えをきったかたちに、隙があるかねえか――そんなところを、ひとつごらんになって頂きてえもんだ」

「笑止なことを申すな！　かたちに心をうばわれて、隙を生ぜしめぬ余裕がのこるか？　いやしくも、竹光であれ、竹刀であれ、刀と名づくる武器を所持いたしたならば、おのずから、そこに、唯一心の置きどころがあるわい。不動神明の虚心――水に映る月のすがたをとる真我のかまえじゃ。これを忘れて、なんのかたちの美じゃ、たわけ！　河原者の、人気買いのへらへら腰などに、その虚心の片鱗すら見てとることはでけんわい」

「なにを、ぬかしやがる。女郎あがりが遣手婆になり、刀の折れが薪割りになり、さむれえの古手が屁理窟じじいになるたあ、相場がきまっているが、市村座の土間ン中で、剣術の講釈なんざ、野暮天を通り越して、ちゃんちゃらおかしの金米糖だ。餓鬼にしゃぶらしときゃ、いっとき泣くのを止めさせられるか知れねえが、へん、こちとらにゃ、糞くらえだ。真我もみょうがもへちまもあるもんけえ」

持前の短気で、伊太吉は、威勢よくがなってしまった。

ところで、千太郎は、この口論には、まったく、我不関焉といった表情であった。その視線は、右方の桟敷の一隅へ、さきほどから、じっとあてられていたのである。

桟敷には、この日宿下りした御殿女中たちの、けんらんたる姿が、花が咲いたように多く眺められたが、その中でも、いちだんと目立つ存在が、千太郎の注意をひいていたのである。

ただの御殿女中でないことは、その衣裳の葵の紋、提帯などで一目瞭然であった。年は三十前後であろうが、たぐいない美貌が、その年増ざかりを誘って、妖艶という形容が、これほどふさわしい上藹はなかった。ただまなじりにふくんだ険が、遠目にも、冷たく感じられたのである。

千太郎は、実は、舞台を観るよりも、この上臈の方へ、より多くの神経をくばっていたのである。

上﨟が、白井権八の半四郎に、恍惚として魅せられている様子を見まもって、千太郎は人知れず、そっと皮肉な微笑をうかべたものだった。

幕間になっても、上臈の上気した面差が、昂奮さめやらずに、遠いまなざしになっていることが、千太郎を、満足させているようであった。

九郎兵衛と伊太吉の口論など、蚊の鳴き音ほども、千太郎の耳をわずらわしていないのである。

柝が入ったところで、九郎兵衛と伊太吉の口論は、おさまった。

どういうものか、九郎兵衛の方は、なにやら、苛立ちがおさまった風である。

つむじまがりの所以で、いさみ肌の職人啖呵をきいて、かえって、

——いや、なかなか、職人の中にも度胸のある奴がおるわい。主義主張は万人おのずからちがうものだて。それを堂々と真正面からのべたてる勇気はよろしい。これを意気と申すのかの。

その愉快さに、胸中がはればれとしてきたのである。

一方、伊太吉の方も、

――へっ！　こんな頑固爺は、お目にかかったことがねえや。こういう爺さんとは、肚を割ってつきあったら、案外、おれのような短気者は、ウマが合うんだぜ。半四郎の横目づかいが色っぽくてたまらねえの、見えをきったざまがふるいつきてえの、やけに通ぶりやがって、三年に一度も見物に来れねえ貧乏人どもを見下ろしてやがるぞろっぺえ野郎にくらべりゃ、あのへっぴり腰で人間が斬れるか、とどなるなんざ、すかっとして気持がいいじゃねえか。

そんな独語で、うきうきした気分になり、ひとりにやにやせずにはいられなかったのである。

幕があいた。

白井権八が、白刃を持ったまま、ずい、とあらわれる。

雨の音に、空を見あげて、乱れ髪を、ばらりとかきあげる。

大向うから、

「いようっ、女殺しっ！」

と、声がかかる。

栈敷の上﨟が、食い入るように、半四郎の白塗り顔を見つめている――その横顔へ、千太郎は、冴えた目を送って、ふたたび皮肉な微笑を口もとに刷いた。

花道から、中間が、旦那のお迎えに足駄と傘を持って来かかるのを、権八が、いきなり、白刃で嚇しつける。

ふるえる手で、足駄を揃えさせて、しずかに穿き、蛇の目の傘をうばいとって、ポンと開くと、チョーンと柝が入る。

あつらえしめやかな唄に、雨の音をかぶせた鳴物で、悠々と向うへ引込みかかるや、場内は、騒然となる。

「千両っ！」

「できましたっ！」

「日本一！」

熱狂の渦の中にあって、千太郎は、鋭くも、栈敷の上﨟が、様えがたそうにやるせない溜息をひとつもらすのを見のがさなかった。

九郎兵衛は、眉をしかめて、

「やれやれ、狂人どものあつまりじゃわい」

と、吐き出したが、どうやら、いまの権八の所作には、すこしばかりひかれるところがあったらしく、ひょいと振りかえると、伊太吉を見て、

「あの目くばりだけをみとめて、つかわす」

と、正直なことを云った。

「へへえ。剣術の先生も役者も、目が肝心でさあ。あの芝居は、目千両の半四郎に書きおろしたものでござんす。お年寄は、目がききなさる」

伊太吉も、ほめて、にやっとした。

どうやら、二人は、互の気心を通じ合ったらしい。

このおり、千太郎が、立ちあがった。

「おっ、お帰りじゃ、世態人情のたわけぶり、これにて、爺は、見とどけ申した。安心安心。名君たる者、こんなものにおぼれる筈がござらぬわい」

九郎兵衛は、いそいそとして、千太郎のあとにしたがった。

伊太吉は、その後を見おくって、

「いいねえ、気に入ったぜ」

と、首をひとふりしたことだった。

ところで、千太郎は、そのままおもてへ出て行きはしなかったのである。

大茶屋の二階の一室に上ると、

「爺、さきに帰ってよいぞ」

そう云ったのである。

「これは、したり、なにを申される！」

老人は憤然として居ずまいを正した。

「かかる不埒な場所で、役者買いなど、遊ばされるご所存かい？」

「うむ、ものはためしに、買ってみよう」

「ば、ばかな――。いやしくも、松平家は、三河譜代の名門、東照権現様が、天正十八年、入府のみぎりには、大和守がそばにいるかぎりは武蔵国は安泰じゃ、と仰せられたまでに、名誉の御家柄でございまするぞ。爾来、名君あい継いで、その格式は松平と名づく大名中の筆頭、質実を尚び、武勇をよろこび、下を恵み、弱きをあわれみ、その美風天下に比類なしとたたえられて今日におよんでおりますわい。それをなんぞや、なげかわしい！　河原乞食を買いめさるとは――いやはや！」

老人は、首をふって、歎息した。

千太郎は、微笑をたたえて、一向に動ずる気色もない。

云わせるだけ云わせておく――これが、この忠義無比の老人に対する千太郎の態度であった。

「殿！　よろしいかな。これも殿が、いわれもなく独り身を通して居られるが故の、気まぐれでござるぞ。嫁をもらいなされい！」

「嫁は、もたぬ」

「てまえが、さがして参る」

「吉原のおいらんあたりに、手頃なのがいたら、考えてもよいぞ」

千太郎は、しゃあしゃあとして云った。

「たはっ！　この年寄が、悶絶するようなことを申されるな！　殿の御内室には、将軍家御息女あたりがふさわしいのでござるわい」

「その御息女にかかわる一大事を、そろそろ、片づけねばならぬので、こうして遊びもいたさねばならぬ」

老人は、けげんそうに、主君を見かえしたが、その冴えた眉目に真剣な色が刷かれたのを見てとるや、すぐに、合点した。

どんな事柄かは知らぬ。しかし、主君の肚のうち、なにか、深い計画がひそめられているな、と読みとった。

さすがは、千太郎がうぶ湯をつかった時から、一日もはなれずに見まもって来た九郎兵衛である。その顔色の微妙な変化から、決意されているものの重大さをさとることができた。

「ではやむを得ませぬわい。てまえは、嫁の候補者でも、さがしに行き申そう」

老人は、腰をあげた。

それから、小半刻のち——。

この部屋にあらわれたのは、まぎれもなしに、扮装を落した岩井半四郎であった。

素顔は、やはり、素顔なりに、匂うがごとく美しい女形であった。

「いらせられませ」

しとやかに、両手を畳について頭を下げる半四郎を、にこにこと迎えて、

「大層な人気だな」

「おそれ入りまする。お殿様のお教えによりまして、いささかの工夫をいたしてみましたが、あの権八の、引ッ込みは、いかがでございましょう?」

どうやら、千太郎は、このたびの新狂言を、すでに前に観ていたばかりか、演技上の注意まで与えているらしいのである。

「結構だったな。ただ、足駄をはく時に、左足をのせてから、次の右足をのせるまでに、間をおくとよいな」

「はい。わかりましてございます。工夫いたしてみまする」

半四郎は、卓子へ寄って、千太郎の盃へ、酒をつぎながら、つぶやくように、

「歌川様が、おいでになりました」

と、云った。

千太郎の方も、なにげない口調で、

「よほど、お前に魅せられたらしい。むこうの部屋で、待ちこがれて居ろう」

「わたくしめの仕事を、仰せつけられませ」

「こんどは、泥棒役だ」

「はい――」

「懐中に、密書を持って居る。それを抜きとってもらいたい」

「かしこまりました」

「気どられてはならぬ。露見すれば、お前の首がとぶ」

「覚悟いたして居りまする」

千太郎の芝居見物は、すなわちこの目的があったのである。

歌川というのは、桟敷にいた美貌の上﨟にほかならぬ。

今日、品川の伝奏屋敷へ、御台所代理という名目でおもむき、禁裏よりの勅使、三位二条兼房に会い、その帰途を、市村座へ寄ったのである。

密書は、兼房から受けとっているのである。

千太郎は、このことを、あごによって、さぐりとっていたのである。

「では、歌川様のお部屋へ参りまする」

「たのむ」

半四郎は、何くわぬすずやかな面持で、去った。

説明がおくれたが、当時にあっては、芝居見物は、木戸から行くのと、茶屋から行くのと、ふた通りあったのである。すこしふところゆたかな人々は、たいてい、茶屋から行ったものである。

茶屋には、料理の用意があり、若い者が桟敷へ、料理や莨蓙や莨盆《たばこぼん》をはこんでくれたし、芝居がはねると、座敷に酒肴をそろえて迎えたのである。御殿女中たちの唯一の愉しみは、その座敷へ、ひいき役者をまねくことであった。

ちょうど、このおり――。

この大茶屋へ、数人の屈強な輩下をつれて、ぬっと入って来たのは、山岡頭巾の大兵の武士――血祭殿と呼ばれる人物にまぎれもなかった。

「歌川殿が見えておろう。おつきの女中を呼んでもらおう」

出て来た女将へ、かくすことをゆるさぬ威圧をふくんだ口調で言って、さっさと上っていた。

別室へ通っても、頭巾をぬごうともせず、

「歌川殿が買うている役者は、半四郎か？」

ずけりと訊き、おつきの女中がもじもじと返辞をためらっていると、

「たっぷりと愉しまれていて、一向にかまいはせぬ。しかし、その前に、こちらに渡すべきものは、早く渡していただきたい、と申して居るとつたえてもらいたい」

と、云った。

そばから、輩下の一人が、

「血祭殿が、お待ち申して居ると云え」

と、命じた。

女中は、あわてて、廊下へ出て、小走りに奥へ行って、とある襖の前で、

「申しあげまする」

と、部屋のうちへ呼びかけた。すぐに返辞は、なかった。

「あの……血祭殿と申されるお方が、別室にてお待ちなされて居りまする」

つたえると、間を置いて、

「待たせておくがよい」

「はい……。でも、あちら様には、お急ぎのご様子でございまするが――」

「待たせておくがよい」

同じ返辞が、冷たくひびいた。

それ以上、女中は、ねがうわけにいかなかった。

部屋では――。

歌川が、しどけなく、半四郎の胸へ身をよせかけていた。

立膝が崩れて、裳裾を乱し、くれないの縮緬と、空色の薄絹が、散りまかれ……その

かげに、ふっくらとした、滑石のようなふくらはぎが、あらわになっていた。

半四郎は、片手で、なみなみと注いだ盃を、そっと、歌川の口へ、はこんでやる。

ひと息にのみほして、ほーっ、とやるせない溜息をついた歌川は、半四郎の膝へ置いた五指を、ぬめぬめとうごめかしてやまない。

半四郎の顔は、能面のごとく、動かず、歌川のもだえるにまかせて、盃をその口にはこんでやることにのみ、心をあつめているのであった。

「ああ……」

歌川は、堪えがたそうに喘いだ。

「この胸が、くるしい。……痛みまする。……半四郎、どうにかしてほしい……」

「いっそ、酔うて、おやすみなされればよろしゅうございます」

半四郎は、わざと、そっけない声音で云った。

「そのような薄情なことを——。わたしの胸のうちを、なにもかも知っているくせに、にくらしい！」

歌川は、さらに烈しく身もだえると、二の腕あらわに、両手を、半四郎の頸へまきつけた。

半四郎は、うっすらと笑いをふくんで、

「歌川さま、酔うて下さらねば、もったいのうて、この半四郎は、あなたさまを自由におもてなしするわけには参りませぬ」

「おう、そうかえ、では、酔いましょう。いくらでも、よいましょうぞ」

「お酔わせつかまつります」

半四郎は、つと、片手をのばして、銚子をとりあげるや、こくこくと口いっぱいに含んだ。

そして――。

歌川の顔へ、顔をかぶせていった。

はかられるとは知らず、歌川は、ひしとまぶたをとじて、朱唇をひらいた。

むさぼるように、口うつしの酒を、つづけて三度、飲みくだした歌川は、さすがに、わがものでないかのように、ぐったりと四肢を萎えばませて、顔を、半四郎の胸へ伏せた。

ねっとりと重い、しなやかなからだを抱いて、半四郎は、しばらく、じっとしていたが、そっと耳もとへ口を寄せて、

「お酔いになりましたか？」

と、ささやいた。

歌川は、かすかに、「む……む……」と、うめいただけであった。

半四郎は、そうっと、片手を、歌川の襟もとから、熱い柔肌へ、すべり込ませていった。

むっちりと盛りあがったふたつの隆起のあいだの溝をこえた指さきが、ちりめんの包みにふれるや、

――しめた！

半四郎の眉宇に、歓喜の色がわいた。

この時――。廊下に、足音がして、

「歌川殿――」

鋭い声が、かけられた。

はっとなった半四郎は、力まかせにその包みを、ずるずると、引き抜いた。

「歌川殿！　御意を得とうござる！　開けますぞ！」

ことわって、血祭殿が、さっと襖を引くのと、半四郎が、包みを、わが袂にかくすの

が、ほとんど同時だった。

　血祭殿は、このみだら図を不快げに睨みすえたが、すぐ、

「去れ！」

と、半四郎へ、あごをしゃくった。

半四郎は、何食わぬ面持で、こわれもののように、正体のない女体を、座蒲団の上へ、そうっと横たえるや、

「ごめん下されませ」

と、血祭殿へ一礼して、去って行った。

「女人は容姿艶冶にして淫、とはよくぞ申した。たわけが……」

吐きすてて、血祭殿は、そばへ寄って、歌川をぐいっと抱き起した。

「歌川殿！」

きこえたその一声は、酔い痴れた歌川の肺腑に、ぴんとひびく威力があった。

眉をひそめて、うす目をひらいた歌川は、血祭殿の凄い眼光に射られているとさとるや、はっと、わかれにかえった。

「密書を出されい！」

「そ、そのように、急がずとも……」

「これを急がずして、何を急ぐ！」

血祭殿は、歌川が脇息によりかかって、夢うつつの陶酔から無理矢理ひきもどされた不快を、うつろなまなざしに浮かせている様子へ、いまいましげに舌うちをくれた。

ようやく……歌川は、のろのろとしたしぐさで、わが胸をさぐろうとしかけて、血祭殿の凝視に気づくや、

「あちらを向いていて欲しい」

と、たのんだ。

血祭殿は、膝をまわして、腕を組んだ。

ものの二分も待ったろうか——。

ふいに歌川の口から、驚愕の叫びが発しられるや、血祭殿は、ふりむきざま、

「盗まれたかっ！」

と、叱咤した。

歌川の顔は、一瞬にして、草色に変じていた。

次の瞬間、血祭殿は、歌川をすてて、廊下へおどり出て、

「出あえっ！」

と、叫んでいた。

輩下が、矢のように走り寄って来た。

「岩井半四郎を、とりおさえろ！　同時に、表口、裏口をかためろ！　一人も出すなっ！　屋根も見張れ！」

下知しておいて、歌川の前へ、ひきかえした血祭殿は、

「酒をくらわれる前までは、たしかに所持されていたな！」

と、詰問した。

歌川は、虚脱のていで、返辞をする気力もうせていた。

「肝心のことですぞ！　半四郎に、胸をさぐられたのか」

「い、いえ……」

「おぼえがないとは、云わせませんぞ！」

「わ、わたしは、ただ、酔うて、苦しゅうて……」

「だから、酔い痴れる先に、密書を渡されい、と申したのだ！」

そこへ――。

半四郎が、引きたてられて来た。

血祭殿は、わざと、抑えた声音で、

「半四郎、誰にたのまれた？」

と、たずねた。

「なんのことでございましょう？」

おろおろとした様子を見せて、半四郎は、ききかえした。

「ここは、舞台ではない。稽古もしてない下手な芝居は、止めておけ」

「これは、途方もない難題を仰せられます。半四郎はたしかに、こちらの歌川様のお酒のお相手をさせて頂きましたが、それは、たってのおまねきゆえ——」

「黙れ！　河原者の貴様に、それだけそらぞらしく白ばくれさせる肚をきめさせた奴は、相当のしろものとみた。白状させてやるのが、愉しみになったぞ」

血祭殿は、にやりとした。

「お、おゆるし下さいませ。わたくしめは、ほんとうに、何もいたしたおぼえがございませぬ。……歌川様！　どうぞ、おねがいでございます。わたくしめの無実の罪をお口ぞえして下さりませ」

必死の表情で、半四郎は、歌川へ両手をあわせた。

歌川は、もとより、半四郎が、わが胸へ手をさし入れたのをおぼえていないわけではなかった。しかし、密書を引き抜かれたかどうか——その瞬間は、意識がのこっていなかったのである。

恋にめしいになった女は、半四郎が、ただ、愛撫のために、手をさし入れたのだ、と思いたかった。

この美しい女形が、そんな大それたまねをするとは、とうてい考えられなかった。

しかし、半四郎以外に、密書を奪った者があると想像することは、もっと不可能だった。

「歌川様！　おねがいでございます！　あかしを立てて下さいませ」

歌川へすり寄ろうとする半四郎を、血祭殿が、無造作に蹴とばした。

すると——。

「そんな優しい女形をいじめちゃ、可哀そうだ。血祭殿ではなくて、血迷い殿か」

その声が、どこからともなくひびいて来たのである。

「なにっ！」

さすがに、これは、血祭殿をして、顔色ないものにする不意打ちだった。

「貴様かっ！　半四郎を手先につかった奴は！」

「とんでもない。わたしは、いまだ、手先などつかったことはない盗っ人だ。そのお女中と半四郎が抱き合って、うっとりと桃源境をさまようているあいだに、そっと忍び寄って、密書を頂戴した——と思っていただきましょう。お女中は、わたしの無骨な手を、半四郎の手と思いちがえるくらい、たましいをとばして、恋と酒に酔うておいでだったということでさ」

その言葉がおわらぬうちに、血祭殿は、腰から、白刃を噴かせていた。

無言で——血祭殿の五体が、畳を蹴った。

切先は、天井の一角へ、ぶすっと突き立った。

しかし、手ごたえはなかった。

「はずれたな、血祭殿」

あかるい声は、反対の片隅から、ひびいた。

「うぬっ！」

血祭殿は、血走った眼光を、輩下へ、もの云わせた。

　さっと、廊下へ走り出て行く跫音に、天井の人は、さらに、不敵なからかいのせりふをなげて来た。

「もう手おくれだな。先手をうたれたからには、この場は、きれいにひきあげるのが、貫禄というものだ。勝負を決する時は、これからいくらもあろうと思うぜ」

「貴様の名をきいておこう」

「笛ふき天狗とおぼえておいて頂こう。……お互に、本名をあかす時が、勝負を決する時ときめておこうか」

　それきり、天井から、気配は、消えた。

　血祭殿の厳しい統率を受けている面々の活躍に、遺憾はなかった。

にもかかわらず、曲者の姿をとらえることは不可能だった。

　血祭殿は、もとよりこの大茶屋にいた客で怪しい者はいないか、調べてみたが、一人もなかった。

　ただ、芙蓉の間という部屋に、さきの若年寄松平大和守が、お忍びで来ている、ときいて、ちょっと懸念を持ったが、四十近くになっても独身の変くつ大名として通っている人物なので、芝居茶屋でかくれ遊びをしているのがむしろふさわしいといえたし、疑うほどのこともなさそうであった。

ようやく——面々が監視に倦んだ頃あい、松平千太郎は部屋を出た。

ふところ手で、悠然として、階段を降りて来るその姿を、平土間をかためた血祭殿の輩下たちは、じろじろと見やった。

お忍びである以上、大名として扱う必要はなかった。

板の間へ立った千太郎へ、一人がつかつかと立寄った。

「役儀によって御貴殿の懐中をしらべさせて頂く」

「おてまえがたは、町奉行所かな」

「いや、評定所直属の——」

「さあ、それは口にされぬほうがよかろう。評定所が、直属の無頼漢などを使っていると、町の人々へ知れては、公儀の威厳にかかわろう。用心棒をかかえるのは、欲深な商人や、博奕うちの親分だけでよいからな」

千太郎は、つと、草履へ足をのせると、送りに出て来た女将へ、笑顔をかえして、

「客たちが足どめをくらったおかげで、酒の売れがよかったのではないかな」

と、云いのこした。

おっとりとかまえながら、犯すべからざる気稟が、監視者たちの手を出させなくしていたのである。

# 夜の人々

由香は、闇に、大きく目をひらいて、じっと、床の中に仰臥していた。

闇の深さ、広さ、静けさが、由香をねむらせないでいる。

きらら主水は、黄昏が来た頃、何処へ行くとも告げずに、ふらりと出て行ったきり、もどらないのである。

三更を告げる石町の鐘の音が鳴ってから、かなりになる。

ひとり決意して、この荒廃した屋敷へおしかけて来てから、もう十日あまり経っていた。与えられたこの部屋は、もとは書院であったらしく、凝ったつくりで、いたみかたは、いちばんすくなかったが、由香には、広すぎて、心細かった。

「女中のいた小部屋で結構でございます」

と、辞退したのであるが、主水は、笑って、

「あなたは狙われている身だ。敵が侵入して来た際、これだけの広さがあれば、逃げる隙をつかむことができる」

そう云って、きき入れなかったのである。

主水が、どの部屋に寝ているか、由香は知らなかった。

主水と由香が、顔を合わせるのは、由香がはじめておとずれた時通された座敷ということに、なんとなくきめられていた。

ふしぎな起臥しであった。

主水は、自分の無頼放埒に責任をもたぬ。とおどしておきながら、今日まで、一歩も、由香の寝室にふみ込んでは来なかったのである。

ただ一度、次のような出来事があった。

ねむりのあさい由香が、めずらしく、夢もみないで、ぐっすりと寝入った夜のことであった。

突然――。

由香は、鋭い気合に打たれて、はっと目ざめたのであった。いや、それが、気合とわ

かったのは、つづいて、同じ凄じい一声がほとばしったからであり、掛具をはねて身を起した時は、ただ異常な衝撃で、からだをこわばらせ、

――何かしら？

と、不安をあふらせたものだった。

「ええいっ！」

静寂の夜気をつんざいて、それが、庭から発しられるや、

――あっ！　主水さまが……。

敵をむかえ撃っているのだ、と直感したのである。

当然のことながら、由香の脳裡には、黒柳新兵衛の魁偉の風貌が、かすめていた。

そっと、音しのばせて、廊下へ出て、雨戸の隙間から、庭をのぞいてみた。

ところが――。

主水の前に、敵影はなかったのである。

月光を吸わせた刀身を、中段の位にとって、主水は、凝然として、宙を睨んでいたのである。

由香は、雨戸の内側で、かたずをのんだ。

深夜、突如としてあふれた猛気を、庭上に発散させているのであったろうが、それにしても、その構えには、なにか狂的な凄じさがこめられているように、由香には感じられた。

剣のひとり稽古というものは、心気を澄みきらせるのを主眼とする。いわゆる心法の冴えを知らんとするためのものである。したがって、目に見えぬ敵を、前方に置いて、心気の澄むのを待ち、空間の無の中に完全におのれが入った刹那、

「ええいっ！」

と、宙を撃つのである。

ところが——。

主水の構えには、おのれの裡に渦巻く猛気を、その一撃に奔騰させるおそろしい力をたかめるものだったのである。

その静止相を凝視する由香自身が、しだいに息苦しくなり、思わず叫びをたてようとしたくらいであった。

「ええいっ！」

と、白刃を一閃させるや、主水は、がくっと力をぬいて、虚脱したごとく、茫然と立

つ。

その姿が、悄然として、孤独の寂寥をにじませたものであるのを、由香は、ありありと見てとらなければならなかった。

さらにまた、一刀を構えなおす主水に、由香は、

「お止しなさいませ」

と、叫びたかった。

しかし、主水が構えた瞬間、もう由香は、息苦しさにおそわれていた。

およそ、十数回も、この凄絶な行為をくりかえして、主水が、俯向いて、こちらへひきかえそうとしかけるや、由香は、夢中で、雨戸を一枚繰った。

主水は、じろりと由香を見やったが、無言で、そこから廊下へあがって、奥へ歩み入ろうとした。

「主水さま――」

由香が、廊下へ坐って、呼びかけると、主水は、立ちどまり、ふりかえることすらためらっていた。

「主水さま――」

もう一度、由香は呼んだ。しかし、その次に、なんと云えばいいのか、由香は、言葉をさがす余裕もうしなっていた。

主水は、やおら、首をまわすと、

「これからは、こういう時には、起きて来られないがよい」

と、いった。日頃の主水とは、別人のように冷たい口調だったのである。

三日前の出来事であった。

いま――。

由香は、闇に目をひらきながら、あのよそよそしい主水の言葉を、思い出していた。

――主水さまは、さびしいお方なのだ。

そっと、じぶんにつぶやいてみる。

――きっと、ご不幸な境遇にお育ちなされたに相違ない。

急に、由香の胸のうちが、きりきりと疼いた。

――わたしが、ここにいるのに……。

墨を流したような深夜の暗さは、由香の心を解放して、大胆にする。

――わたくしをお抱きになればいいのに……。

はっきりと、心でそう云ってみた。

――とかすかに、夜気がうごくのを、由香は、感じて、はっと、全神経をひきしめた。

音は、まったくしなかったことだし、人が忍び入った気配とさとるほど、あきらかな直感力が働いたわけでもなかった。

ただ、つめたい夜気がすうっと流れたような……漠としたものだった。

それきり、何も、神経につたわって来なかった。

――気のせいだったのだ。

ほっとした。その瞬間、かちっと燧石を切る音がして、由香は、あっとなった。

やはり、人が、忍び入っていたのである。

赤い明りが、行灯から、うしおのように、ぼうっと、闇の中に、おしひろがった。

「そのまま……じっとしていて頂きましょう」

侵入者の第一声は、それだった。

由香は、すでに、掛具の中で懐剣の鞘をはらっていた。

侵入者は、行灯のむこう側にうずくまって、腕を組んで、じっと由香の寝顔を見つめていた。

黒ずくめの、盗っ人かぶりをした笛ふき天狗にまぎれもなかった。

ごく穏やかに、日常茶飯事でも口にするように、

「なにね、昼間、お目にかかっても、べつにさしつかえはなかったのですよ。ただ、こういう恰好をしていると、酔狂に、夜中の忍びの方がふさわしいと考えたまでのことでね。おどかしたことは、お詫びするとして――あなたが勇気のある娘さんだということを勘定に入れてのしわざと思って頂きましょう」

「あなたは、何者です?」

微動もせず、天井を睨みながら、由香は、詰問した。

「きらら主水さんは、ご存じです。あなたの家でお目にかかった男であると、主水さんからきかされませんでしたかね?」

「わたくしの父の遺言をぬすんだ?」

「左様、その笛ふき天狗――帰りに、一曲、おきかせしてもいい。忍びの術よりも、自分じゃ上手だと、自惚れていますよ」

由香は、その声を、いつか、どこかできいたような気がした。しずかな口のききかた

は、特徴のあるものであったし、ながく耳にのこる魅力をもっているようであった。

いずれにせよ、その声が、由香の気持を、おちつかせた。

「そちらのお座敷で、お待ち頂きとう存じます」

「よろしい」

幾分かののち、きちんと身じまいをととのえた由香は、この奇妙な人物と対座していた。

「かぶりものはごかんべんねがいます」

と、ことわって、笛ふき天狗は、そのままのすがたで、腕を組んでいたので、由香は、その面貌を、しかとたしかめることはできなかった。

ただ、その澄んだ双眸が、たえずあかるい色をふくんでいるのが由香を安心させた。

「由香――さんと云われましたな」

「ええ――」

「本名がほかにあるのを、あなたは、ご存じか?」

「え?」

由香は、びっくりした。

「わたくしに、ほかに、名まえがあると仰言るのですか？」

「左様――」

「存じませぬ」

「夕姫。それが、あなたの本名だとおぼえておかれるがいい」

「夕姫――」

おうむがえしにつぶやいて、由香は、遠いまなざしを、対手の背後の宙に送った。

「相馬修之進の娘でないことは、すでに知っておられたはずです」

「知って居りました」

「あなたは、さきの将軍家治公の御息女なのです」

由香は、声なく、まじまじと、対手の凝視を受けた。信じられないことだった。驚愕するには、あまりに遠い、他人のことのような気持であった。

「これは、まちがいない。ただ、あなたは、夕姫としては、この世に存在しないような、運命に置かれたのです」

「なぜでしょうか？」

「たった一本の神籤が、そうきめました……」

い。……

「……？」

「二十一年前、西丸大奥で、御簾中が、女子の双生児をお生みになった、とお思い下さい。……

……かつて、二代将軍のみぎり、男子の双生児が、ご誕生になった例がありますが、御不幸にして、ともに早く世をお去りになりました。ために、双生児は、いずれかのお方を、お生まれにならなかったことにするさだめが、大奥で、できて居りました。おろかな迷信ですが、大奥という制度そのものが、奇怪な伏魔殿であるかぎり、これは避けがたいことといえましょう。……熊野より、修験道当山派の総学領たる一僧祇が招かれて、柴灯護摩を行い、一本の神籤がひかれたのです」

笛ふき天狗は、そこまで語ってから、目もとに、微笑を刷いた。

「その結果は、わらうべき皮肉でした。大奥にのこされた姫の方が、あわれな白痴であったということです」

「まあ――」

由香は、いたましげに、眉をひそめた。

「この世から亡いものにされる不運に遇われたあなたの方が、こんなに聡明であったのは、神籤が、まったくあてにならぬまやかしものであった証拠になりましょう」

「わたくしは、なぜ生きのびたのでしょうか？」

「ひとりの御乳の人の、尊い犠牲があったとお思い下さい。その婦人は、あなたをおまもりするために、家をすて、わが子をすて、ついにわが生命もすてられた。そのおかげで、あなたは、相馬修之進の娘由香として、生きのびることがおできになった」

「なんというおかただったのでしょう」

「綾野とかいわれた婦人でした。たしか、京の公卿――検非違使別当姉小路家の夫人で、良人が他界されてから、のぞまれて、出府して、あなたの御乳の人とおなりになったときいて居ります。京には、五歳になる男の子をのこされて居ったとか――」

由香の胸は、それをきいて、きりきりと痛んだ。

もし、その子息が、成長して、健在ならば会って、心からあやまりたかった。

「が、それは、もう過ぎ去ったことです。……わたしが、あなたに申上げたいのは、今日、そして、明日のあなたのお身の上のことです。……あなたが、夕姫であることはすでに、公儀には、知れて居ります。だから、相馬修之進殿は殺されたし、あなたの身柄は狙われることになったのです」

「わたくしを、どうしようというのでしょう?」

「あなたは、お妹の甲姫の身がわりにされようとしているのです。すなわち、あなたが甲姫となり、甲姫はこの世から消し去られることになります」

「なぜですか?」

「甲姫は、近く、伏見宮守仁親王と婚儀がおととのいになります」

「……?」

「それから……いまの天子様は、御退位になる。かわって、守仁親王が御即位になる。したがって、甲姫は、皇后となられる。……あなたが、そうなる運命に置かれているのだから、おどろかれてよいことですな」

笛ふき天狗は、そう云って、はははは、と愉快そうに笑ってみせた。

由香は、途方もない大嘘を、この奇妙な人物から、きかされているような気がして、しだいに不愉快になってきた。

その時刻――。

きらら主水は、芝愛宕下の、天徳寺と通りをへだてた宏壮な屋敷の、庭園に、しのび入っていた。

巨きな樹木があり、築山があり、池もある。空に月があったが、新緑の宵らしく、地上に、靄が降りていて、孤影をひそめるには、都合がいいのであった。

池のほとりの高麗塔のかげから、主水は、じっと、大きく、空をきりぬいて、そびえている建物を、見ていた。

御殿とよぶにふさわしい構えであった。

大名屋敷というものは、風致よりも、まず、いざという場合の防備を考慮されて造られているので門や塀はもとより、建物の内部は、非常に複雑な規模をもっている。

しかし、泰平になれるにしたがって、その中に住む人が、複雑な規模によりかかって、警戒心をおろそかにしてしまう。

そうなると、かえって、侵入者にとって、その構造を利用して、身を隠すことが容易になる。

一介の盗賊鼠小僧次郎吉が、わずか五六年のあいだに、およそ百十数カ所の大名屋敷へ忍び入って、三千数百両の金子を盗んだ事実が、いかに身を隠して出入が自由であったかをうら書きしている。

ただ、今宵の主水の目的は、盗みではない。

ひとりの女性に関わる秘密をさぐろうとする企図ゆえに、この建物は、あまりに広すぎるというものであった。

——白痴の娘を住まわせるのにこれだけの大きな屋敷が必要なのか。

靄の中に浮いた主水の顔には、そのいまいましさが、不快な色になって刷かれていた。

由香と瓜ふたつの甲姫のすまいが、ここなのであった。

主水は、ゆっくりと、芝生をふんで、建物に近づいて行った。

どこかの部屋で、琴が鳴らされている。

月あかりの空気を、しっとりとした重いものにおぼえていた主水は、その琴の音を、沈んだ哀しい色にきいた。

——甲姫か？

白痴に、そのわざがあろうはずがない、と思いつつも、そう疑った。

一枚の雨戸をはずして、廊下に入って、また、はめておいた。音もなく、そうしたのである。

廊下は、しんの闇であった。

主水は、琴の音のする方角へむかって、なんとなく、進んで行った。

ひとつの角をまがると、かなたに、灯影がもれ出ていた。

琴は、その部屋で鳴っていたのである。

「だれ？」

主水が、影そのもののしずかな身のはこびかたをしたにもかかわらず、内から、きれいな声の誰何があった。

主水は、苦笑して、度胸をきめた。

障子を、さらりとひらくと、琴の前に坐っていたのは、品のいい初老の婦人であった。

白羽二重で顔をつつんでいる。髪をおろしているとみた。

いたましくも、かたく双眼をとざして、こちらの気配をさぐっている様子は、盲人と知れた。

主水が、障子を閉して、座をえらんで坐ると、婦人は、

「屋敷のお人ではないようですが――」

と、いった。

「左様——。無断で忍び入った浪人者だとお心得おき頂きたい」

それをきいても、婦人は、すこしもおどろかなかった。

浮世の愛情をすてた温雅な態度は、主水の目に、美しいものに映った。

「なんのご用ですか？」

「甲姫さまに、お目にかかる約束をして居りました」

「姫さまに？」

不審げに、小首をかしげるのへ主水は、ひくく、笑いを送って、

「ふとしたことで、姫さまと、町なかでお会いして、いちど参上すると申上げたのです。勿論、別に用向きをもってのことですが——」

「姫さまは、もう、おやすみなさいました」

そうこたえる婦人の、ややななめに向けられた顔を、主水は、じっと鋭く見つめていた。

この婦人を最初に一瞥した瞬間、主水の心をとらえた直感があったが、その直感が、いま、しだいに確信にかわっていた。

「失礼ながら、あなたさまにお会いできたことは、忍び入った甲斐があったと申すもの

です。あなたさまにおうかがいしたら、てまえの疑問は早く解いて頂けそうです」

「……」

婦人の表情は能面のように変らなかった。

「甲姫さまには、ご姉妹がおありになったかどうか――てまえのおうかがいしたいのは、そのことです」

「存じませぬ」

こたえは、冷たくひびいた。

「ご存じないとは云わせませんぞ。あなたは、甲姫さまの――」

そこまで云いかけたとたん、婦人は、片手をあげて、制した。

遠くで、高い、異様な叫びがあがったのは、次の瞬間であった。

主水は、盲人のカンの鋭さにおどろいた。

剣できたえたこちらの神経が、察知しない前に、ちゃんと、長い距離を置いたむこうの空気の変化を、気づいていたのである。地震がおこる前に、家から小動物は逃げる、というが、その小動物にまさる直感力が、めしいた者には、与えられるのであろうか。

「曲者っ！　出あえっ！」

その叫びが、つづいて、噴きあがるとともに、屋内は、騒然となった。

どうやら、静かに坐っているのは、この盲人の婦人と、きらら主水の二人だけらしいのである。

「わたしのほかにも、忍び込んだ者があるところをみると、甲姫さまには、謎のきものがいくまいもおきせしてあるようですな」

主水は、腕を組んだまま、そう云った。

婦人は、琴の爪を、そっと指からぬいて、小函にしまいながら、

「姫さまに御姉妹がおありか、とおたずねになりましたが、なぜでしょう?」

と、ききかえした。

「瓜ふたつの女性が、てまえの家に、まよい込んで居ります」

打明けてから、主水は、鋭く、婦人の様子に、どんな微妙な変化が起るのも見のがすまいと、眼光を据えた。

あきらかに、その顔には、動揺がおこった。

しかし、それは、池に木葉一枚落ちて描く波紋ほどにもないわずかなもので、すぐに清らかな水面に似た表情にかえっていた。

屋内の騒擾は、しだいにたかまって、こちらへ向って移って来た。

一人の跫音が、廊下をふんで来て、この部屋の前でとまると、

「お部屋様に申しあげます」

「はい」

「お耳さとい故、曲者が、お居間に忍び入れば、ただちにお気づきのことと存じますが、その時は、鈴を鳴らして、お報せ下さいますよう――」

「承知しました」

婦人は、はっきりとこたえておいて、何事もないような立居で、琴を片づけた。

主水は、その態度が、ふと冷たすぎると感じて、かすかな反感をわかせると、

「てまえも、曲者の一人ですが――」

と、云った。

「あなたは、姫さまのお友達として、おみえになりましたのでしょう?」

「それはそうですが……ほかに目的はあると申上げて居ります」

婦人は、それにこたえるかわりに、耳を遠くへすませると、

「曲者は、庭へのがれたとみえます。もう大丈夫でしょう」

と、つぶやくように云った。

主水は、婦人の態度いかんにかかわらず、こちらの云いたいことを口にする肚をきめた。

「失礼ながら、あなたさまが、甲姫さまのお母上であると、てまえは見ました」

一瞬、婦人のおもては、氷のようにかたいものと化した。

「いや、おこたえ下さらぬでもよろしいのです。てまえは、勝手に、自身の感じたことを申上げているにすぎません……あなたさまは、たぶん、双児の姫君をお生みになったのではありますまいか。そして、泣く泣く、おひとかたを、この世になかったものと、承諾なさいました。ところが、幸いなことに、そのおひとかたが、微禄の旗本の家に、成長なされて、立派な娘となっている——とすれば、これは、あなたさまにとっても、この世があかるくなるということではありますまいか」

一語一語に、熱意をこめた言葉を、婦人は、うつむいて、じっときいていた。

「ただ、いかなる理由か知りませんが、そのおひとかたのほうに、危難が、ふりかかり、偶然のことから、てまえが、その保護役を与えられたのです。好むと好まざるとにかかわらず、そうなった以上、てまえとしては、謎を解かねばなりませぬ。今宵、御当家へ忍び入りましたのは、その目的のためです。いかがでしょう、てまえに、こうして欲しい、というご意見がありましたならば、おきかせ下さいますまいか?」

やや、しばし、部屋に、静寂があった。

庭園にあって、殺気すさまじい争闘がつづけられているのを、婦人も主水も、はっきりときいていながら、そのことには関心のない対座ぶりだったのである。

突然——。

婦人が、頭をあげて、かすかに唇をわななかせた。膝の手も、ふるえていた。

いままでおしかくしていたものを、もう堪えがたい激情と化さしめる気色を、はっきりとしめしたのである。

「あなたが、真実、あわれな姉妹に、味方して下さるのでしたら……」

そこまで云いかけて、はっと口をつぐんだ。

主水は、辛抱づよく、つぎの言葉を待った。

婦人は、ついに、口をひらいた。

「姫さまを、今宵のうちに、こっそり、この屋敷からつれ出して欲しいと存じます」

「……」

さすがに、主水は、全身におそろしい緊張が加わるのをおぼえた。

「何処かに、かくまえと仰せられる？」

「はい」

「姫さまにも、危機がせまっていると、お気づきですか？」

「いずれは、亡きものにされるご運と――日夜、その心配をつづけて居りました」

「姫さまのお身柄、おひき受けいたしましょう。お部屋をお教え下さい」

主水は、きっぱりと云った。

ところで――。

庭園にあって、宿直の士たちに包囲されていたのは、実は、松平千太郎の指揮によって働いているあごであった。

なんの目的か、甲姫の部屋に忍び入ったところを、侍女に発見され、悲鳴をあげられる不覚をとったのである。

しかし、狼狽もせず、片手につかんだ木刀は、滅法の強さをみせた。

悠々――というよりも、むしろ瓢々とした落着きはらった態度は、つめ寄って行く人々に、容易ならぬ敵と感じさせるとともに、大きな疑惑を抱かせた。

なりは、粗末な中間ていにやつして、黒い布で頬かむりをしている。

庭にのがれるまでに、その木刀によって、五人も悶絶させられていた。

いま——。

泉水のふちまで追いつめられながら、追いつめた十余名の方に、打って出る隙を与えずに、平然として片手青眼にとって立っていた。

「うぬっ！」

功をあせった一人が、無謀な突きに出たが、これは、むなしく、わが身を泉面へおどらせて、高い水飛沫をあげる結果をまねいただけだった。

わずか、一尺五寸の木刀が、おそるべき剣気をこめていて、一颯によって、確実に、一人を倒してみせるのである。

ただ、飄乎たる冷静をたもちつつも、あごとしては、逃走の隙をとらえようとして、全神経を働かせているので、これ以上、敵の頭数が、増すのは困るのであった。

三四人の影が走って来て、攻撃陣に加わり、さらにまた、かなたの建物から幾人かがとび出して来る様子をみてとったあごは、はじめて、

「ゆくぞ！」

守勢をすてて、猛然と、地を蹴った。

どっと——つむじ風に似た、めまぐるしい働きによって、そこへ三人までうつ伏させておいて、あごは、ぱっと、身を翻転した。

「やるなっ！」

「築山をふさげっ！」

あごの奔る方向へ、先まわりしようとして、攻撃陣は、二手にわかれた。

すると、あごは、くるっと、方角をかえて、一気に芝生をつき切ろうとした。

行手に、中門があった。

「おもてをかためろ！」

その叫びがあがった時、中門のしおり戸が開いて、ひとつの影がのそりとあらわれた。

あごは、ものともせずに、まっしぐらに、その影へ、突進して行った。

これをまた、一閃して、地べたへはわせる自信があった。

それは、しかし、不可能だった。その影は、黒柳新兵衛だったからである。

二間の間隔まで迫るや、あごは、おのれの危機をさとった。

——これは!

慄然として、背すじを、氷のように冷たいものが、走った。

いまだ手を刀へもかけずに、うっそりと立った黒影に、濛としてこもる剣気は、尋常のものではなかったのである。

木刀をもってたちむかう対手ではない。

——しまった!

はじめて、あごの胸中を、軽率であった行動への悔いが嚙んだ。

このような、なみなみならぬ使い手が、この屋敷にいようとは、夢にも考えてはいなかったのである。

——なんとしたことだ?

敵の張ったわなへ、のこのこと入り込んだようなものではないか。

あごとしては、おのれ一存でやったことなのである。すなわち、甲姫を、こっそり、拘引しておいて、敵を狼狽させれば、首領がおのずからその正体をあらわすのではないか、と考えたのである。

主君千太郎へは、その結果を報告すれば一応の叱責を受けても、手柄となることはみとめてもらえるはずであった。

甲姫の双生児たる由香には、いちど、恩を売ってある。だから、場合によっては、由香にたのんで甲姫になりすましてもらって、ふたたび、この屋敷へつれもどされたかたちにすれば、主君の働きも容易になるのではなかろうか。その計画に、あごは、ひとりにやりとして、さっそく、実行にとりかかってみたのだが……。

第一歩にして、みごと、蹉跌が来たのである。

いまにして、主君の慎重さが思われる。

——失敗したというだけでは、すまぬわい。

悔いは、苦痛をこえて、絶望に近づいた。

もとより、その絶体絶命ぶりを、けぶりにもしめしたわけではない。

あごの、木刀をかまえた孤影はあくまで飄乎たるものだった。

それへ、じっと、視線をそそぎながら、黒柳新兵衛は、ゆっくりと、一歩ふみ出しつつ、

「おれが引受ける。後学のために見物して居れ」

と、あごの背後を巻いた群へ云いはなった。

そのまま――いくばくかの、息づまる対峙があった。

そのあいだに、龕燈が持参されて、あごの姿を、くまなく、照し出した。

「新兵衛氏、そやつを手捕えろとの、血祭殿の御指示でござる」

かけつけて来た武士の一人が、叫んだ。

「無理な注文のようだが……やってみるか！」

新兵衛は、龕燈を、自分のわきへ持って来させて、あごの目を射させつつ、ぎらっと刀を抜きはなった。

刃を上にして、下段にとり、間合をつめながら、

「どうする？　みっともなく、ひっくりかえるよりさきに、いさぎよく、その木ぎれをすてぬか」

と、云いかけた。

あざけりではなかった。それだけの腕前を、その構えはしめしていたのである。

――うむ！

あごは、肚裡でうめいた。

かなわぬのである。

あごのひとみには、新兵衛のからだが、巨巌のように大きく映っていた。

――負けた！

あごは、にやっとすると、木刀を、地べたへすてた。

「ご随意に！」

「ふふふ、おぬし、話せるの」

新兵衛も、にたりとした。

宿直の士たちが、たちまち、高手小手にしばりあげて、

「歩け！」

と、突きとばした。

「おい、降人には、それ相当の作法をもって扱え」

新兵衛が、たしなめた。

あごの腕前と勇気が、敬意をはらうべきものであるのをみとめたのは、新兵衛だけだったのである。

ひろい庭園に、ふたたび、静寂がもどってから、どれくらいの時刻が移ったろう。

と――。

高塀に沿うた樹木の深いしげみから、すっと、ひとつの黒影が、忍び出て、ゆっくりと歩き出しながら、

「ちがう！　あいつは、囮かも知れねえ。もう一人の方が、何をするかだな」

と、ひくくつぶやいた。

これは、南町奉行所の町方定廻り与力戸辺森左内であった。

いちど、血祭殿に捕えられながら、左内は、どうしたわけか、べつだんの咎めも受けずに、放免されていた。

ただ、一言。

「こちらが、貴様という人間を必要とする時が来たら、どんな危い橋でも渡ってもらうぞ」

と、血祭殿は、いいすてただけであった。

左内は、それを承諾して、あの化物屋敷を出て来たのであったが……。

狡猾な直感力のはたらくこの男は、おのれをあっさり放免してくれた人物に対して、決して、ただですっ込んではいなかったのである。

あの夜以来、左内は、血祭殿のすがたをもとめて、血眼になっていて、夜もろくに睡

らなかったといって、過言ではない。蛇のように執拗な性格なのであった。

そして、ついに、血祭殿が、昨日午すぎに、この屋敷に入るのをつきとめたのである。

宵から、樹蔭にしのんで、辛抱づよく、機会をねらっていた左内は、思いがけず、自分のほかに、忍び入って来た者を発見したのであった。

さよう、きらら主水は、するどいまなこを光らせている左内に気がつかずに、建物の中へ入って行ったのである。

左内は、それを見送っても、まだ、そこに、じっとしていた。

そして、こんどは、別の侵入者が、追われてとび出してくるのを目撃することになったのである。

もう一人、しのび入っているのを、血祭殿は気がついていないわい。

自分ひとりが知っていることに、快感があった。

他人の秘密をさぐり、つかみ、あばくのが、この男の生甲斐なのであった。

——よし！　だんだん、面白くなって来たぞ！

ほくそ笑むや、非常なすばやさで、建物へ馳せよって、広縁の下へ、するするともぐり込んでいた。

この時――。

主水のほうは、甲姫の居間へ、盲目の婦人に案内されて、ふみ込んでいたのである。

もとより、神経をくばり、用心をかさねての結果であった。

さわぎも知らず、甲姫は、すやすやとねむっていた。

婦人は、主水を、次の間にかくしておいて、手さぐりで、臥牀へ寄った。

「姫さま……姫さま……」

いくどもゆさぶられて、甲姫は美しい眉をひそめつつ、

「いや！」

と、云った。

「おしずかに――」

そうたしなめたのが、盲目の婦人と知るや、甲姫は、あどけない表情で、

「どうしたの？」

と、ききかえした。

甲姫が、すなおに、その言葉をききわけるのは、どうやら、この婦人だけらしい。

と、襖のかげから、主水は、見てとった。

たぶん、じぶんの生みの母とは知らずに、同じ血につながる本能が、甲姫を、そうさせているのであろうか。

「姫さまは、きらら主水、というおひとを、おぼえていらせられますか?」

「え?」

ちょっと、間をおいてから、

「あ! 来たの? きらら主水が来たの?」

婦人の白い頰に、微笑がのぼった。

「やっぱり……お友達でございましたか」

「そう——。きらら主水はね、うそをつかぬといいました。きっと、わたしをたずねてくるといいました」

「嘘ではございませんでした」

「どこにいやる?」

甲姫は、身を起して、きょろきょろと見わたした。

「いないではないか、小母どの」

「いえ、次の間にひかえて居りまする。お会いなさるまえに、姫さまに、きいて頂きたいことがございます」

「なんじゃ？」

「姫さまは、もし、きらら主水どのが、一緒に行こうとおたのみいたしましたら、ついてお行きになりますか？」

「どこへ行くの？」

「姫さまが、ご自由に、おひとりで、庭でおあそびになれるところでございます。女中たちも居りませぬ」

「行きます。この御殿は、もういや！　小母どの、はやく主水に会わせて——」

「かしこまりました」

婦人は、次の間へ、

「どうぞ、主水どの」

と、呼びかけた。

主水が、襖をひらいて、一歩、出ると、

「あ！」

と、甲姫は、われをわすれて、声をたてようとして、婦人に、

「これ――」

と、たしなめられて、あわてて、びくんと首をすくめた。

「では、なにとぞ、よろしくお願い申上げます」

婦人は、あくまで、みじんのみだれもみせぬしずかな面持と動作で、居間を去るべく、すらりと立った。

すでに、主水には、甲姫をともなって脱出する手段を教えてあった。

用向きがすめば、もう、とどまっている必要はない、といった様子であった。

それが、ふと、主水の心を疑わしめた。

婦人は、これまで、二十日に一度も、姫とは顔を合わせないくらしであった、というう。

いま、ここで、別れたならば、あるいは、ふたたび、逢う日がないかも知れないではないか。

それなのに、なぜ、こんなに、冷淡なそぶりをみせて、立去ろうとするのであろうか。

——上臈のくらしというものは、こんなによそよそしいものか。生みの母でありながら、母と名のれず、愛情の表現をすべておさえられて、生きた屍にひとしいくらしを送っているうちに、こんなに無表情な、冷たい立居振舞のひとになってしまったのであろうか。

# 乱れ雲

肌ばむほどに、まぶしい明るい陽ざしのなかを、伊太吉は両袖へ、手をつっこんで、やぞうをきめこみ、小声でうたいながら、横丁へ入って行った。

粋な浮世を恋ゆえに
野暮にくらすも心がら
梅が香そゆる春風に
二枚屏風をおしへだて
おぼろ月夜のうす明り
しのびしのびて、あい惚れの
くぜつの床の泪雨、ときたね

池の蛙もよもすがら
　真になくでは
　　エエ　ないかいな
「へへん、げろげろげろの、下郎めが、ただいま参上」

と、大声になりながら、がらっと格子をひきあけた。

小えんの家である。

とっとあがって、茶の間へ、すうっと首をのぞけた伊太吉は、

「ほっ！　こりゃ、おどろきびっくり、しゃっくり止めるに、この香りか」

小えんは、長火鉢の前で、胴をくの字なりにまげ、肱杖に放心の顔をのせて、冷酒をのんでいたのである。立て膝のかげから、赤いものがこぼれて、なまめかしい。

「しのぶ恋路の、さてはかなさよ、か――」

「こんど逢うのが、命がけ」

「よごすなみだのおしろいも」

「この顔かくす、無理な酒。まあ、一杯おやりよ」

「姐さん、しっかりしてもらいてえね」

「しっかりしてるじゃないか。こうして、じっとがまんして、ひとりで、こっそり、酒でうさをはらしているのが、しっかりしている証拠だよ」

「いやさ、だまって、由香さまをきらら旦那のところへ送り出した心意気には、感服しているがね。ことのついでに、あのご両人を、ぴったりとひとつにしちまうように、なんとか算段したら、いっそ、からっと、晴れ晴れするんじゃござんせんか——ということさ」

「なんだい、間抜け板前。男ひとりの家へ若い女が泊りこんで、もう何日になると思ってやがんだい。とっくのむかしに、なるようになってらあ」

「と思うが、とんだとんびのピーヒョロロ、笛や太鼓で踊らねえひねくれ者が、きらら旦那さ。姐さん、旦那があいもかわらず、夜中に、大名屋敷の中間部屋で、博奕を、やったり、居酒屋で酔いつぶれたり——して、家へ帰らねえのを、知っていなさるかい？」

「お嬢さまを、あのおんぼろ屋敷へ、たったひとり、寝かせておいてかい？」

小えんは、眉をひそめた。

「いったい、どうしたってんだろうね？」

「はじめっから、えたいの知れねえおひとだったが、いよいよ、全く、見当がつかねえや。ただね、由香さまをとりまいている、もやもやした謎を解こうと、思案中らしいことはわかるんだが――」

「こまったね」

そう云いながらも、小えんの胸のうちは、妙にはずんでいた。

――やっぱり、あたしが想っている通りのおひとだった。

そんな安堵感があった。

「姐さん、ひとつ、のりこんで行って、旦那に、据え膳くわぬは男の恥って知らねえか、とねじこんでみちゃ、どうだい？」

伊太吉は、小えんに、この役目は少々残酷だと思いながら、すすめた。主水と由香が、夫婦になってしまえば、小えんもすっぱりと思いきることができるだろう――と、江戸ッ子らしく割りきった智恵だった。

「そうだねえ」

心のうごきと反対のふるまいをやらなければならない哀しさを、顔にみせまいとして、小えんは、つと立ちあがって、鏡台の前に坐った。

映ったじぶんの顔を、じっと見つめて、

――しっかりおしよ、小えん姐さん！　やせても枯れても、辰巳芸者の心意気は、一本、筋が通っているはずだよ。

と、胸のうちで呟いた。

あれほど、すっぱりと決心して、由香を主水のところへ送り出してやったのではないか。いまさら、なにをためらうことがあろう。

「伊太さん、行くよ」

きっぱりと、云った。

「そう来なくちゃいけねえ。善はいそげだ。さっそく、出かけるとしようじゃねえか」

「あいよ」

したくをして、おもてへ出た時、小えんは、あたりへ気をくばって、

「尾けて来るような奴が、そこいらにひそんでいるんじゃあるまいね」

「心配しなさんな。この伊太吉が――」

「剣術ならぬ庖丁術で、おっぱらってみせると仰言る」

にこにこして、小えんは、日和下駄を鳴らしはじめた。

――こんな佳い女を振る男が、世の中にはいやがるんだから、ままならねえ。

伊太吉は、くびをふって、ついてあるき出した。

二人のすがたが、横丁の角をまがった時、物蔭から、ひょいと、一人の男が出た。小えんの予感通り、見張りがひそんでいたのである。先夜、由香を襲って、あごから掘割へ抛りこまれた奴に、まぎれもなかった。

よほど辛抱づよい、こうした役割をふりあてられるように生まれついた男とみえた。

由香は、縁側にすわって、庭さきへまいてやった餌をついばみに来た雀たちを、ぼんやりとながめていた。もう三日も、主水は、もどらないのである。

そのことも気がかりであったが、それよりも、前夜、音もなく忍び入って来た盗っ人かぶりの人物が云いのこしていった言葉が、ずうっと、脳裡を占めていた。

意外にも、じぶんの素姓は、前将軍の息女ということであった。

信じてもいいと思われたのは、笛ふき天狗と名のるその人物の、物腰口調が、厳粛で、真剣で、こちらの身の上を気づかってくれているものであったからである。

由香が、しかし、じぶんの素姓の高さに、さしておどろきもせず、他人のことのように程遠く感じたことは、すでに、その際、述べた通りである。

ただ、由香は、この秘密が、主水に知られるのが、なんとなく、心重かった。

「公方の御息女を、妻にすることはできぬ」

主水に、はっきりと、そう宣告されそうな気がしたのである。

――わたくしは、夕姫ではない。ただの旗本のむすめ由香なのだ。主水さまに、そう考えていただかねばならない。

じぶんに、そっと云いきかせてみる。

由香は、主水が、まだ、じぶんをわがものにしてくれていないことが、うらめしかった。そうなっていたあとで、素姓があきらかにされても、由香は、平気だったはずである。

由香には、深夜、一剣をかまえて宙を搏っていた主水の孤独な姿が、たまらなく、恋しく、哀しく、想い浮んで来てならないのであった。

それは、女性というものが神から与えられている母性本能であったろう。

――主水さまが、たとえ、無頼のふるまいにおおよびになっても、わたくしは、決して、おうらみはしないのに……いいえ、いっそ、よろこんで……。

その独語が、ほっと、ふかい溜息になってもらされた時――。

雀たちが、ぱっと飛び立った。

そのあとの空地へ、ひとつの影法師が、すうっと延びて来た。

はっとなって、顔をあげた、由香は、思わず息をひいた。

黒柳新兵衛の異相が、そこにあった。

いつの間に、しのび寄って来たのか、まったく由香は、気がつかなかった。

「きらら主水が、留守とみて、参上した」

まず、そう告げてから、新兵衛は、ゆっくりと、歩み寄って来た。

由香は、動きもならず、からだを、石のようにかたくした。

由香は、笛ふき天狗から、

「敵は、あなたを拉致しようと狙っていますが、これは、おそれてなりますまい。あなたご自身が、すすんで甲姫君の身代りに立たれるがいい、とはおすすめしませんが、もし、拉致されたとしても、生命に危険はないことだし、なりゆきをだまって見ていていただきたい。反抗されたり、逃げ出そうとなさらないことです……。結果が、あなたにとって幸せになれば、それでいいのですし、またそうすべく努力している人間がいるのを、信じて頂きましょう」

と、云いのこされたのである。

だから――。

その意味では、由香は、黒柳新兵衛の出現を、おそれなかった。

ただ、この男のもつ異常なまでに、どす黒い妖気は、無垢な処女の心身を、本能的に怯えさせずには、いなかったのである。

新兵衛は、由香の、三尺前に立つと、食い入るように眼光をさしつけながら、

「きらわれるのを承知の上で、そなたの顔を見たくなったのだ」

と、云った。

「なぜでございます？」

由香は、気力をとりなおして、見かえした。

すると、どうしたのか、新兵衛は、かすかな狼狽さえみせて、視線をそらし、

「そなたは、美しすぎる」

と、うめくようにもらした。

「わたくしを捕えにおいでになったのではありませぬか」

思いきって、そう訊くと、新兵衛は、口もとを歪めて、

「その役目をもっている。しかし、そなたであったとわかれば、おれには、血祭殿のような人間に、そなたをつれて行く気はない」

「わたくしの素姓について、ご存じなのですか？」

「知って居る」

これは、奇怪な返答というべきであった。

この人物らしからぬ弱さを、どうして、じぶんにだけしめすのであろう？

由香は、不審に堪えなかった。

じぶんが、こうして、今日までぶじにすごしていられたのも、この人物が、じぶんがここにいることを仲間たちに黙っていたからに相違ない。

突然――。

新兵衛は、由香へ、視線をもどして、

「そなたは、まだ、清いからだのままか？　きらら主水は、そなたに何もせぬのだな？」

と、詰問した。

その形相は、みにくいまでに、焦燥の色を故らしていた。

「わたくしは、主水さまの妻になりたく存じて居ります」

由香は、ためらわずにこたえた。

「妻にか――」

新兵衛は、陰惨な目を、遠くに置いて、つぶやいた。

「そなたを妻にできる男は、幸せだ」

「そうなりますれば、わたくしの方こそ、幸せになると存じて居ります」

「はたしてそうかな？　主水は、そなたを幸せにできる男か？」

「わたくしは、主水さまを信じて居ります」

「信じて居る？」

おうむがえしにして、新兵衛は、じろりと、由香を見やったが、すぐ、顔をそらした。

由香は、その横顔に、いちまつの寂寥の色を見た。

「おうかがい申します」

由香は、思いきって、問うた。

「あなたさまは、この前、わたくしの顔を見て、なつかしい思い出がよみがえった、と仰言いましたが……そのわけをおきかせ頂けませぬか？」

すぐに、返辞はなかった。

やがて――。

「そなたは、じぶんの生みの母を知って居るか？」

新兵衛の声音は、かわいて、ひくかった。

由香は、どきりとした。

そうだ、養いの父母はすでに逝ったが、生みの母については、もしかすればめぐり会えるのぞみをつなげるのではあるまいか？

「存じませぬ。ご存じなれば、お教え下さいませ」

「……」

じっとあてる由香の視線を、新兵衛は眩しく感じたか、くるりとうしろ向きになると、

「そなたは、二十年前のそなたの母とそっくりじゃ。美しく、聡明で、しとやかで、気品があった」

「母は、いまだ存命して居りましょうか？」

「している——はずだ」

「どちらにすまっているか、おききなされたことはございませぬか？」

そうたずねる由香の胸は、にわかに高鳴っていた。

——ひと目、会いたい！

つきあげて来た衝動に、由香は、喘いだ。

「知らぬ」

新兵衛は、つめたくかぶりをふってから、頭をまわして、あらためて、由香を、鋭く見すえた。

「ことわっておくぞ。きらら主水が、そなたを幸せにするとみたら、おれは、味方になろう。しかし、主水によって、そなたが不幸になるようなことがあれば、断じて斬る！いや、そなたも、美しいままで散らせてやる！」

強風がひと吹きすれば、ぐゎらぐゎらと音をたてて、崩れ落ちそうな門を、小えんと伊太吉が、くぐろうとしたおり——。

ふいに、音もなく、隻腕、異相の浪人者が、のっそりと出て来たのには、ぎょっとさせられたことだった。

息をのんで立ちどまったふたりへ、黒柳新兵衛は、じろりと、一瞥をくれたが、無言で歩き出した。

「な、なんでえ、あいつは――」

「……」

小えんは、いやあな予感がして、その後姿を見送った。

「きらら旦那は、あんなうす気味わるい野郎とつきあいがあるのかね。あんまり、ほめたはなしじゃねえや」

「ちがうだろうよ。あんな奴と、つきあいなんかあるもんか」

「とすると?」

伊太吉は、急に、血相かえて、ぱっと走り込んで行った。

縁側に、由香のぶじな姿を見出した伊太吉は、

「やれやれ……びっくりしましたぜ。ごぶじでござんしたか」

と、両手で大袈裟に胸をなでおろしてみせた。

由香は、微笑して、

「いまの人に、すれちがったのですか？」

「そうでさ。ありゃ、何者でござんす？」

「わたくしも、よく存じませぬ。でも、悪い人ではないようです」

「へえ？　まるで、浮世の悪事は一手ひきうけ申候、てな面してやがったが……」

そこへ、置石をならして、小えんが入って来て、挨拶した。

由香は、ふたりを、座敷へ招じた。

「主水さんは、今日もお出かけでございますか？」

「ええ。三日ばかり前から」

「そいつがいけねえんだ。そもそも――へっ、そもそも、とくらあ。きらら主水に一言申しあげてえのは、そのことでさあ。ねえ、お嬢さま、あん畜生は、つまり、そのう……おんな心ってえやつを、まるっきりわからねえのかねえ。ひと声は、月がないたかほととぎす、ってんだ。いつしか白む短か夜に、まだ寝も足らぬ手枕や、男ごころはむごらしや、女ごころはそうじゃない、て唄があらあ、こん畜生ッ！」

「主水さまには、主水さまのお考えがあるのだと存じます」

「そんなのんびりかまえていて、よろしいんですかい？　愚痴もするはず女じゃものを、いやなものなら、なぜまた初手に――って」

伊太吉は、知っているかぎりの小唄をならべて、恋のありていを説こうとするつもりらしい。

小えんは、由香の臈たけたおもざしを見ているうちに、あらためて、

――主水さんは、強いねえ！

と、感歎していた。

これほど美しい女性をひとつ家に起き臥しさせておきながら、自分をおさえることの出来る主水の意志に、小えんの胸は、きりきりと疼いた。

伊太吉の早口は、つづいていて由香の微笑をさそっている。

「……てなわけで、つまり、なにしろ、男女の仲ってえやつは、なるようになるまでが、ちと面倒なんでさあ。だけど、お嬢さま、そこんところ、ひとつ清水の舞台からと び降りるつもりで、――なあ、そうじゃあねえか、姐さん」

「そうだねえ」

「なんでえ。ぼんやりしなさんな。姐さんが云うせりふを、あっしが、代って云ってるんじゃねえか……。お嬢さま、にこにこしてなさるが、ちゃあんと、あっしどもにゃ、

わかるんでござんすぜ。身ひとつを置きどころなき胸の中、一重の心八重に解き……」

「もうわかったよ、伊太吉さん」

小えんが、とめた。

「なにっ？　なにが、もうわかったんでえ？……姐さん、おめえ、家を出る時の約束と、ちと、ちがやしねえか」

伊太吉は、口をとんがらして、小えんにくってかかった。

小えんは、かまわず、ふところから、紙包みを、とり出した。

「お嬢さま。これは、お父様がお持ちになっていた品でございます。なんとなく、あたしがおあずかりして居りました。つい、お嬢さまにおかえしするのを忘れて居りまして、申しわけございません。お受取り下さいまし」

由香は、受けとって、紙をひらいて、

「あ――」

と、声をもらした。

父相馬修之進が、常時肌につけていた、白磁の玉であった。

「おっ、それを、仏様が持っていたんですかい？」

伊太吉が、のぞき込んで、

「ああ、そういえば、お嬢さまは、きらら旦那に、この玉のことを仰言っておいででしたね」

「ええ。父が大切にして居りました」

こたえながら、由香は、この玉のことを告げた時、主水が、なぜか鋭い緊張をしめしたのを思い出した。

――主水さまは、なにか思いあたるふしがおありになったのだろうか？

「姐さん、ずるいや。いままで、かくしていて――」

「だからごめんなさいって、あやまっているじゃないか」

ふたりの会話をききながら、由香は、主水にこれを見せたならば、なにか幸せな瞬間が来るような――そんな予感が、ふっとしたことだった。

由香が、お高祖頭巾で、顔をつつんで伊太吉につれられて屋敷を出たのは、その日の昏れがたであった。

主水をさがしに――。

伊太吉が、心あたりを案内して、どうでも主水をつかまえようというわけであった。

小えんは、わが家へもどっていた。

武家の娘の常で、由香は、江戸の盛り場というものを知らなかった。

「駕籠にのる人、のせる人、そのまたわらじをつくる人、って、お嬢さまは、ご存じでござんすかい。人間この世に生まれたら、なんでもごらんになって損はしませんや」

伊太吉は、うきうきしながら、両国広小路へ入って行った。

当時――。

江戸で全盛を誇る楽天地は、この両国を第一にした。

芝居、見世物、寄席、楊弓店、水茶屋、それに、飲食店、小商人、煮売店、行商人、香具師、野天芸人など、道路をのぞくほかは、ほとんど空地はなかった。

俗に、垢離場という。

この時代は、盆山といって、暑中を利用して、職人たちは、大山阿夫利神社へ参詣したものである。その初登山の者が、この両国で水垢離をとって、大山詣に出かけたので、この名がおこった。

金時が、金時が、
熊をふまえて、まさかり持って

富士の裾野の松林
義経、べんけい、渡辺の綱
唐の大将あやまらせ
神功皇后、武内の臣
いくさ人形のよしあしちまき
菖蒲刀やあやめ草、とくらあ。

酔っぱらった職人ていの男が大声でわめきながら、近づいて来た。

「おう――春公じゃねえか」

伊太吉が、声をかけた。

「なんだ、伊太兄哥か、ごきげんさん――」

「ごきげんさんて、てめえの方だ。女房に逃げられやがったに、まだ、こりずまに、宵のうちから酔っぱらっていやがる」

「へへ――。酒を買おうか、女を買おうか、女のよいのは小半刻、酒のよいのは小半日、同じ二分なら、酒買ってチュウ、てなもんだ」

「莫迦《ばか》野郎。……ところで、春公、おめえ、きらら主水の旦那を、どこかで、見かけなかったか」

「見たぞ」

「どこで」

「一橋様の下屋敷の中間部屋でな、ポンと張ったが半の目で、ピンと張ったが浴衣のノリだ」

「いつだ、それア――」

伊太吉は、春公のえりくびをつかんで、ゆさぶった。

「さアてと――」

春公は、首をぐらぐらさせた。

「しっかりしろい。昨日か今日か」

「いいや――」

「なにっ？」

「五日前だ」

「唐変木め、橋からとび込んで、うなぎに尻でもなめられて来やがれ」

伊太吉は、春公をつきとばしておいて、由香に、首をふってみせた。

それから――。

水茶屋をのぞき、船宿をたずね……いつの間にか、空に月を仰いだ時、伊太吉は、

「やっぱり、あそこか?」

と、舌うちした。

「どちらなのですか?」

「へえ、そいつがね――」

伊太吉は、口ごもった。

あとは、心あたりがするとすれば、吉原であった。

主水は、時おり、吉原の引手茶屋へあがって、数日流連することがあった。べつに、なじみの花魁がいたわけでもなく、達引く芸者をもっていたわけではなかった。

茶屋とすれば、あまり歓迎したくない客であったろう。主水は、花魁を呼ばずに、十二三歳の可愛い禿《かむろ》を呼んで、遊んだのである。

ふしぎに、少女たちは、むっつりした主水を慕っていた。

いつか――。

伊太吉は、小えんにたのまれて、その茶屋へ、着物をとどけに行ったことがある。小

えんは、着たきり雀の主水に、恥をかかせまいと、常時そうした心づかいをしていた。

その時、主水は、禿《かむろ》にむかって熱心に、万葉集の講義をしていたものだった。

どうやら、主水は、そこにいるらしい、と見当をつけた伊太吉は、しかし、由香に、告げるのをはばかった。

また、吉原は、しろうと女を、寄せつけなかった。

「どちらなのでしょう？　わたくしが行ってはいけないところでしょうか？」

「へ、へい。チャンラ、チャンラ、チャンラとね……すががきってやつがね――」

「すががきって？」

「へええ、あいつをきくと、男という男が、そわそわ落着かなくなるやつなんでさあ。店すががきに引寄せられて、つい流連の今朝の雪――って、吾妻八景め、うめえことを云やがる」

「あ――吉原のことですね」

「そうなんでさあ。弱ったね」

「いいえ。あそこは、女は、大門からは入れないのでしょう？　わたくしは、外で待って居ります」

由香は、こともなげに云った。

吉原へ行くには、いくつかの道すじがあった。

船で行くならば、たとえば、柳橋から猪牙をのり出して、首尾の松を左に見て、吾妻橋をくぐって、山谷堀につく。ここの船宿は引手茶屋を兼ねていたから、提灯に送られて、日本堤にあがって、吉原へ――。

陸を行くならば、駒形堂を過ぎて、左をまっすぐに、浅草雷神門へつきあたり、これをくぐって、観音奥山のうら手、田圃道へ――馬道へ出て、吉原へ。

伊太吉は、由香を案内して、観音堂へ参詣してから、馬道へのコースをとった。

正直蕎麦の横丁をぬけると、伝法院末下の三十余院の寺がならび、これは、途方もなく、さびしい場所であった。

遠く、田圃をへだてて、農家の灯がぽつんぽつんと、月下のうす闇に、惨んでいる。

「お嬢さま、こういうさびしい道すじだから、吉原がよいの小唄が、やたらにできたんでさあ」

「おうたいなさい」

由香は、すすめた。

たしかに、伊太吉は、しぶい佳いのどをもっていた。

「へっ、いっちょう、やらかしますかね」

　むらさきの
結びめかたき縁の糸
解けぬも色の深みどり
まつに来ぬ夜は、筆の先
うらみかさねし命毛も
硯の海へはまる程
深い浅いは客と情夫
　くろうするのも男ゆえ

その唄声がおわらぬうちに、音もなく、ふたりの前後を断った数個の影があった。

いずれも、覆面をしていた。

伊太吉が小えんとつれ立って家を出た時、そっとあとをつけて来た男があったはずである。

その男の手びきによって、ついに、由香の面前へ、敵の群の出現となったのである。

「な、なんでえっ！　野郎！　どうしようと云やがるんだ！」

伊太吉は、ふところに、手拭いを巻いて入れていた愛用の庖丁の柄を、つかんだ。

由香も、懐剣へ、手をかけた。

黒影たちは、べつに刀を抜こうとせずに、じりじりと迫って来た。

由香は、この黒影たちが、いつかの夜、父が支配頭の役宅で倒れたといつわって、迎え駕籠をよこし、途中で位致しようと企てた連中に相違ないと見てとった。

あの夜は、きらら主水の颯爽たる救いの剣があった。

今宵、ふたたび、そうした僥倖をねがうのは、おろかであろう。

「伊太吉さん！」

背を合わせた由香が、きこえるかきこえないかの小声で云った。

「わざと、気を失って下さい。対手は斬りはしません」

「へ、へい――」

「わたくしの、つれられて行くさきを、つきとめて――」

「合点！」

のみ込みは、早い。

伊太吉は、ぱっと庖丁をふりかぶるや、

「やあぁっ！」

と、絶叫して、一人の覆面へ、つっかけた。

かんたんにかわされるや、伊太吉は、みずから、ありったけの勢いで、寺の土塀へ突進し、わが身をぶちつけるや、

「ううん！」

大きく呻いて、ぐらぐらとくずれこんでしまった。

由香は、そのままの姿勢で、迫って来る敵影へ、油断なく目をくばりつつ、

「一歩でも近づけば、わたくしは、この懐剣で、じぶんののどをつらぬいてみせます」

と、叫んだ。

敵陣は、ぴたりと動かなくなった。

ほんのしばしの沈黙を置いてから、指揮格らしい男が、背後から、

「貴女さまが、前将軍家ご息女夕姫さまと判明いたしたので、お迎えに参上いたしたのでござる」

と、云った。

「何人の命令によってですか？」

「それは、いまここでは申上げられぬ」

「きかないうちは、したがうわけには参りませぬ」

　ここでまた、沈黙があった。

　指揮格の男は、ゆっくりと由香の前面へまわると、

「闇老のお一人のお指図とお心得おきねがいましょう」

　由香は、じっと、対手をにらんで、のどに擬した懐剣を、固着させていた。

「決して、おん身に害があるがごとき振舞はお見せつかまつらぬ。夕姫さまとしてのご身分に相応したおくらしをねがいあげるのでござる」

「……」

「懸念ならば、われら一同、大小をすてておともつかまつる」

　由香に自害されては、この連中もまた、ただですまないので、この歎願は必死であった。

　由香は、懐剣をのどから、はなした。

「つれられましょう」

用意の駕籠に乗せられた由香が、覆面の士たちにまもられて、塀に沿って曲って行くや、伊太吉が、むっくり起き上った。

「大小すてて、とぬかしやがった。べらぼうめ。その行先を、伊太こらサッサと尾けてやるぞ！」

# 君子の剣

きらら主水は、風雅な庭園の一隅に、黙然としてたたずんでいた。

この屋敷の主人が、何様かは、知らぬ。

盲目の婦人の指示にしたがって、甲姫をつれて来たまでである。

柳原の堤に沿うた往還に面し、浅草御門に寄った地域をひろくとった屋敷であった。

芝愛宕下から、ここまで、甲姫をともなうあいだ、主水は、決死のほぞをきめていた。

さいわいに、襲撃にあわず、ぶじに、甲姫を、とどけることができた。

婦人から預った手紙を、門番に渡すと、すぐに用人があたふたと潜り戸まで迎えに出て来て、いんぎんな態度で、書院へ案内してくれたのであった。

この屋敷が、ふつうの大名の下屋敷などではない、とわかったのは、書院へ通るまでのあいだに、目に映るものいっさいが、風雅を目的としてつくられていたことである。

しばらく、待たされてから、主水は、あらわれた人物をひと目見て、

――なるほど、このあるじなら住むにふさわしい。と、思った。

七十をこえていたろう。頭髪も眉もあご鬚も、みごとな白さであった。双眼はくもりなく澄んでいたし、秀でた鼻梁やひきしまった口もとに、その生涯を、高い地位で正しくすごした人のみがもつ気品がそなわっていた。

美しく老いた――そういった人物だったのである。

「手紙を読んだ。甲姫をあずかろう」

そう云う声も、張りのある爽やかなものであった。威あって猛からず、春風をよぶ人格の所有者、といっても誇張ではないようであった。

「わしは、世をすてて居る。だから、ただの隠居と考えてくれてよい」

主水は、頭を下げて、承知した。

「きらら主水、と名のるそうじゃが、偽名だの？」

「御意――」

「甲姫を、単身でつれ出したのは、よほどの覚悟があったろうが、それについての仔細はきかぬことにしよう。手紙にも、理由は明さず、ただ、当分、預って欲しい、とだけしたためてあるのでな」

その言葉は、かえって、信頼すべきものにひびいた。

老主人は、用人にいっさいの世話方を命じておいて、すぐに、奥へ去った。

あれから三日――。

主水が、いまだ、この見知らぬ屋敷にとどまっているのは、一途に慕うてくる甲姫を、ふりきることに、危険をおぼえていたからである。もし、自分が姿を消せば、甲姫が、この屋敷内にじっとしていないように思われたのである。

陽は、ななめにさして、樹々の影が濃くなっていた。

かなたから、だれに教えられたのか、平安時代につくられたとおぼしい古歌を、うたっている甲姫の声が、きこえてきた。単調な、くりかえしの多い古歌の韻律が、白痴の娘の口にするにかなっているのか、微妙な哀調をおびて、主水の胸にこたえた。

――あの歌を教えたのは、生みの母なる婦人に相違ない。

そう思いながら、主水は、つと、足をふみ出した池を中心とした廻遊式庭園で、主水のひろう花路は、さまざまの凝った造りの中をうねっていた。

「主水！　主水！　どこにいるの？」

かん高い甲姫の声がした。

主水が、荒磯みたての池畔へ出てみると、甲姫は、島につくられた茶亭の廂の下に立っていたが、

「あ――」

にことして、大いそぎで、つつッと反橋をわたって来ようとした。

ながくひいた裾をそのまま走る甲姫は、渡りきろうとしたところで、急に、ぐらっと、大きく上半身をくずした。

裾をふみつけて、重心をうしなったからだは、主水が奔り着くのを待たずに、するどい悲鳴とともに水面へ落ちて、ぱあっと飛沫を宙にまいた。

主水は、反橋の上へ跳んで膝をつくと、

「さ――つかまった！」

と、片手をさしのべた。

立てば腰までしかない深さなのに、落ちた瞬間の恐怖をそのまま全身にあふらせた甲姫は、それこそ、死からのがれるようなけんめいさで、主水の手にすがりついた。

かるがると、つりあげた主水は、さっとかかえあげると、母屋へ行こうとしかけた。

すると、

「いや、いや！　あすこ――」

と、甲姫が、島の茶亭を指さした。

「あそこには、姫さまの着かえはありませんぞ」

「でも、かえるのはいや！」

用人や女中に見られるのがはずかしいのだ。

主水は、ちょっとまよったが、島へ渡ると、茶亭に入った。

甲姫をそっとたたみの上へ寝かせた主水は、すばやく、帯を解いて、着物を脱いだ。

「濡れたものをみんなすてて、これを着ているのです。すぐに、女中に着かえを持参させます」

云いすてて、主水が、裸身を、外へはこぼうとすると、甲姫は、

「いや！　行っては、いや！」

と、叫んだ。

主水は、眉をひそめて、

「わがままを仰言るものではない」

と、たしなめた。

「そなたが、ここにいてくれるのでなければ、着かえませぬ」

白痴の強さは、いちど、こうときめたならば、断じてひるがえさないことであった。

主水は、苦笑して、

「やむを得ぬ。きかえられるまで、待ちましょう」

と、甲姫へ背をむけた。

甲姫は、帯を解いて、衣裳を脱ぎはじめたが、こうしたことは、生まれてはじめてだったうえに、濡れているものを解くのは面倒であったので、ずいぶん手間がかかった。

甲姫が、小声で、ぶつぶつとつぶやきながら、からだをしばった紐をほどくもどかしさに、主水はいくどか、自分がしてやりたい衝動にかられたが、じっと我慢した。

やがて――。

うしろに、音が絶えた。

そうして、それなりに、なんの気配もしめさぬのに、主水は、不審をおぼえて、ふりかえった。

ま白い全裸のまま、甲姫は、そこに、ぼんやりと、立っていた。

主水を、苦笑させるには、あまりに美しい裸像であった。

生まれ落ちて以来、柔かな絹やちりめんや綸子につつまれていた肢体が、いま、おしげもなく、真昼の明るさの中に、曝されて、本能の羞恥に息づかうなまめかしさは、さすがの主水をして、思わず息をのませたのである。

はっとわれにかえった主水は、すばやく、自分が脱ぎすてておいた着物をとって、その裸身をかくしてやろうとした。

すると――。

音もなく散る芙蓉の花びらのように、甲姫は、ふわっとくずれて、たたみに落ちた。

「姫！」

いまは、ためらってはいられず、いそいでかかえおこしてみると、もうそのくちびるはむらさき色に変っていた。

主水の両腕に白い肌に起きた烈しい悪寒がつたわった。

陽春とはいえ、ずぶ濡れのままの時間を長く持つと、冷えこむのは当然であり、まして、甲姫の肌は、こうした試練には無抵抗であった。

「姫！　しっかりなさい！」

つよくゆさぶると、甲姫は、くちびるをわななかせつつ、

「……さ、さむい……」

ともらした。

顫えはしだいに、はげしくなってくる。

とっさに——。

主水は、甲姫の裸身を仰臥させると、おのが裸身を、その上にのせて、しっかりと抱きしめた。

それから、どれくらいの時間が経過したろう。

主水は、やおら、甲姫の上から、身を起そうとしかけた。

と——。

甲姫は、無言で白い腕を、主水の頸にからめて来た。悪寒は去り、柔肌には、あたた

かい若い血をとりもどしていた。

「姫！　はなしなさい」

「いや！」

かぶりをふるその顔は、生まれてはじめて知った官能の疼きに紅潮していた。

双眸に燃える光が、狂おしいものであるのを見てとるや、主水は、率然として、歯をかみしめた。

自分は、ただ、死に瀕した女体をあたためる役割だけをはたしてやったのである。しかし、甲姫の本能は、それ以上のよろこびをさとってしまったのである。

白痴であるだけに、これは、しまつがわるい。

——しまったな！

「姫！　はなすのです。人が来ますぞ」

「来てもよい」

「わがままも度がすぎると、主水は、この屋敷から、去ってしまいますぞ」

「いや！　いや！　いや！」

急に、甲姫は、きりさくように叫ぶや、頬を主水の肩へすりつけて、むせび哭きはじめた。

困惑した主水は、しばらく、じっとしているよりほかはなかった。

不意に——。

主水が、ぱっと甲姫をつきはなして、とび立ったのは、きたえられた神経に、ぴりりっとつたわる外の気配をさとったからである。

刀をつかんでひとっ跳びして、障子をひきあけるのと、けもののようなすばやさで、一個の黒影が、木立の中へ奔り込むのが、同時だった。

ぴゅっ！

主水の右手がおどって、小柄が、白光をひいて、宙を翔けた。

みごと、それは、曲者の肩へ、つき立った。

しかし、傷つきながらも、曲者の逃走の速度はおとろえなかった。

幾分かの後——。

この屋敷の裏手にある神田川から、一艘の猪牙が、こぎ出されていた。

乗っているのは、戸辺森左内であった。曲者はこの男だったのである。

主水が、甲姫を、つれ出すのを尾けて、この屋敷に入るのを見とどけ、ずうっと三日間監視をつづけていたのである。

肩の傷は、すばやく手当がすませてある。

「いのちびろいをしたな」

にがにがしい独語が、その口からもれていた。

それと同じ時刻――。

芝愛宕下の甲姫屋敷の正門の潜り戸を、のっそりと入る黒柳新兵衛の姿が、見うけられた。

そこが、一党のたまりになっているらしい表書院に隣接した広い部屋をのぞいた新兵衛は、七八名がそれぞれの恰好でごろごろしているのを見るや、すっと襖をしめて、だれにもことわらずに、広縁を奥へあるいて行った。

すると、あわてて、一人が追いかけて来て、

「黒柳さん、あちらで、血祭殿がお待ちですぞ」

と、告げた。

新兵衛は、黙って、沓脱石の下駄をつっかけると、白砂の平庭を横切って行った。

築山のむこうに、別棟の家が建っていたが、これも小旗本の屋敷ぐらいはあろう広さ

であった。

血祭殿は、座敷で、侍女に酌をさせて、一献をくんでいた。

新兵衛が、憮然とした顔つきで、座につくと、血祭殿は、侍女に盃をまわさせておいて、

「きらら主水を、まだ斬れぬようだな」

と云った。

「出会わぬ」

新兵衛は、ぼそっとこたえた。

血祭殿は、皮肉なうすら笑いを、ちらと口もとへ刻んだ。

すでに、由香をとらえているのである。

主水の屋敷へ出むいた新兵衛が、そこに由香がいたのを見とどけなかった筈はないのだ。何故、こちらに報告しなかったのか——その不満が、血祭殿にはあったに相違ない。

しかし、血祭殿は、そのことを咎めようとはせず、

「この屋敷の姫君が、あの夜、姿を消した」

と、云った。

新兵衛は、甲姫に会ったことはない。甲姫が由香と双生児であることもきかされてはいないのである。

つまり、新兵衛は、いまだ陰謀の内容については、何ひとつ知らないのであった。そんなことは、この虚無の剣魔には、なんの興味もなかったのだから——。

「捕えている男が、手びきして、どこかへ落したとも考えられるが……彼奴は、おのれの素姓さえも白状しようとはせぬわ。よほどきもがすわって居るし、からだもきたえてある。どんな拷問にも堪えてみせる」

「……」

「おぬしの手で、ひとつ、しめあげて、泥を吐かせてくれぬか？」

「そういう役目は不得手だが——」

「ものは試しに、やってみてくれ」

血祭殿は、立って、床の間に寄ると、床柱の側面へ手をかけた。すると、ひくい、にぶい鉄の枢のしきる者がしたかとおもうや、掛軸が、ふわりとゆれて壁が徐々にまわり出した。

血祭殿は、床の間の壁が、ぽっかりと大きな闇の口をひらくと、新兵衛をうながして、ずいと入った。

手燭をつける。

ぼうっと、満ち潮のように明りがひろがると、そこは、六畳あまりの板敷であった。

血祭殿は、二歩すすんで、とんと片足を鳴らした。

すると、ぎいっ、と音たてて、板が垂れ下ってゆき、三尺四方の穴があいた。

血祭殿が、手燭をかざすと、そこから、階段が降りているのがみえた。

甲姫のためにつくられたこの屋敷は、じつは、公儀政道の裏面で大きく企む蔭の権力者が、その秘密な暴力を行使するための巣窟としてえらんだ場所だったのである。

——ふん！

新兵衛は、肚裡でせせらわらった。

——王主は民を富ませ、覇王は武を富ませ、亡国は庫を富ます、というが、政治をあずかる者どもが、このような暴力や暗殺や権謀の手段にうったえて、私腹をこやすようになると、もう幕府の命数もつきたにひとしいて。

自らが、その権力の手先につかわれている自嘲があった。

階段をふむ二人の足音が、高く反響した。

非常に長く、地下ふかくつづいているのであった。

降り立ったところから、また、石だたみの廊下が走っていた。

血祭殿が手にした手燭の炎が、しめった臭気をはなつ壁へ、影法師を映して、大きくゆれさせた。

やがて――。

とある地点で立ちどまった血祭殿は、新兵衛をふりかえって、鍵を渡した。

「そこの牢だ」

新兵衛は、うなずいて、ゆっくりと、鉄格子のはまったところへ寄った。

血祭殿が、去って行ったので、一時、地下道は、暗くなったが、鉄格子の中に、さらに厳重にたてきられた板戸の隙間から、あかりがもれて来て、新兵衛は、錠前へ鍵をさし入れることができた。

鉄格子をひらき、そして板戸を、つと押した新兵衛は、一瞬、唸りこそ発しなかったが、かっと双眼をひきむいた。

酸鼻――という形容がある。

牢内は、まさにそれだった。

衣服をまとうた骸骨が、そこにいくつもころがっていたのである。いまだ頭髪をつけたまま、目と鼻と口がぱっくりと穴と化した者もいたし、苦悶の姿をそのままにとどめている半腐れの死体も交っていたのである。

あごは、その中に、坐っていた。

刹那の衝撃が去ると、新兵衛はたえがたい臭気のこもったこの地獄牢に、身じろぎもせずに坐っているあごへ対して驚歎をおぼえた。

「おい――」

呼びかけて、死体をまたいで、近よった。

はだか蠟燭の炎が、ゆらゆらとゆらめくたびに、あごと新兵衛の巨大な影法師も、壁で、ゆれた。

あごの顔は、まったく無表情であった。

この死の地下室にとじこめられて数日が経過している。そのあいだに、もとより気も狂わんばかりののたうちがあったろう。それを、ついにおしふせて、このような冷静をとりもどしたのは、よほどの胆力といわねばならぬし、また主人松平大和守の信頼にこたえるに足りる気魄の持主といえた。

「おぬし、生きのびるのぞみをまだすてぬのか？」

新兵衛は、まず、そう問うた。

あごは、それにこたえず、じっと見あげていたが、

「黒柳新兵衛ともあろう剣客が、政治陰謀の走狗となる。あわれむべきことだ」

と、いった。

「ふん――。知っていたのか、おれの名を」

「まず――おぬしを走狗とした陰謀者の全貌をほぼ、調べあげたところだ。それを白日にさらしてやるまでは、この死肉をくらって、生きのびてみせる」

「この死骸たちも、捕えられた時に、そううそぶいたのではないかな」

もとより、これらの死骸は、陰謀をおしすすめる上に邪魔になった人々であったろう。

おそらく、あごを冷静にかえしたのは、これらの死骸が生前正義の魂の所有者であったという感慨が大いに力となったからに相違ない。

「わしは、死なぬ！　これは、断言しておくぞ！」

肚の底からしぼるように、あごは、いいはなって、かっと、新兵衛を、にらみあげた。

「これほどの勇気をそなえた男を部下にした幕閣の要人が、誰であるか知りたいものだが、おぬし、舌がちぎれても、白状すまいの」

新兵衛は、むだと知りつつ、訊ねた。

「白状せぬとわかっているのなら、のこのこ、ここへやって来ぬことだ」

あごは、ひややかに、いいすてた。

このおり――。

新兵衛は、ふと、地下道をつたってくる忍び足の気配を、鋭敏な神経にくみとった。

血祭殿や、その輩下ならば、もちろん降りて来ても、忍び足となる遠慮は必要はないはずである。

――はてな？

新兵衛は、問答をうちきって、そっと、鉄格子へ寄った。

その気配が、格子の前へ来たとたん、新兵衛は、さっと躍り出た。

不意をくらって、よろめく相手をにらみつけた新兵衛は、

「なんだ！」

と、拍子ぬけの声をもらした。

女であった。しかも、白羽二重で顔をつつんだ、初老の人である。

「なんの用だ？」

新兵衛は、そむけた顔へ、視線をまわして、
かたくとじられたまぶたを見て、

――盲目か。

と知った。

「なんの用だ、ときいて居る？」

かさねて、鋭く、詰問すると、婦人は、覚悟をきめたらしく、まっすぐに、顔を、正面へ置いた。

鉄格子から流れ出る光が、その横顔にあたった。

瞬間――。

新兵衛は、愕然と息をのんだ。おのれのからだが、大きくのめり込みそうな錯覚さえおぼえた。

「……お、おかや……どの！」

はらわたをしぼるような声音が、その名を呼んだ。

「え？」

婦人は、首をかしげた。

二十数年前の、また、この婦人が、旗本の一人娘であった時の名まえを呼ばれたからである。

婦人は、十九歳で、江戸城大奥に入って、その名を、歌月とあらためて、将軍家お手つき中臈となってからは、お歌の方となっていた。

大奥で、将軍お手つきになるのは、身分として、旗本の子女にかぎられていたし、奉公した以上これをこばむことはゆるされなかった。お歌の方も、わが家にあった時は、想う若ざむらいがいたのである。三年の大奥づとめが終れば、その人に嫁ぐ夢があった。

夢がむざんに毀れて、お内証様とあがめられる身分になってからも、その人のおもかげは、時おり、ふっとまぶたのうらにうかんでいたものだったが……。

すべては、遠い過去のこととして流れ去っていた。

いま、わが娘時代の名まえを呼んだのが、よもや、その人であろうとは、婦人は、夢にも気づかず、

「どなたでございましょう？」

と、たずねかえした。

新兵衛は、ぐっと、歯をくいしばった。

——おれは、この女に裏切られたおかげで、このような放埒むざんな人斬り人足になりはてたのだ！

重苦しい沈黙があったのち、お歌の方は、思いきって、

「おねがいでございます。わたくしのむかしをご存じのよしみに、この牢の中にいる人を、のがしてあげては下さいませぬか」

と、ねがった。

新兵衛は口を真一文字にひきむすんだなり、こたえる言葉もなかった。

あまりにも、意外な、異様な二十年ぶりの邂逅であった。

あいてが、盲目になっていることが、この場合、新兵衛にとってすくいとなった。

お歌の方は、いぶかしげに、小首をかしげて、返辞を待っていたが、いつまでもそれ

がないと知ると、そろりと、壁をつたって、

「もし……牢のおひと」

と、呼びかけた。

「出て参られるがよい」

新兵衛を無視したものしずかな態度は、この世におそれるもののなくなった淡々たる立派さといえた。

あごは、よろよろと立ちあがって、鉄格子まで、出て来た。

新兵衛は、じろりと、あごをにらんだ。

あごも、新兵衛へ、冷やかな視線をかえした。

「こちらへ――」

お歌の方は、うながした。

あごは、そのわきへ、よろめき立った。

新兵衛が、何か衝動的に、口からほとばしらせようとしたとたん、

「よろしゅうございますね。おつれしますよ」

りんと冴えたお歌の方の声音が押さえた。

ふたたび、新兵衛の口は、むっとひきむすばれた。

地下道を、奥へ――あごを案内してゆく清雅な姿が、闇の中へ溶け入るのを、荘然と見送った新兵衛は、ふっと、暗い自嘲のわらいを、顔へにじませた。

――かってにしろ！　つれて行きたければ、つれて行け！

おのれもまた、あごと同様に、悪夢の中をたどる心地で、新兵衛は、地下道をひきかえして行った。

もとの座敷へもどると、酒の膳が、そのままにのこされていた。

新兵衛は、あぐらをかくと、銚子をつかみとって、息もつかずにのどへ流した。

血祭殿が、あらわれたのは、それからすぐであった。

「長あごめ、強情であろう」

「……」

「おぬしの腕をもってしても、不可能かな？」

「泥を吐かせるかわりに、逃した」

「なにっ？」

愕然となった血祭殿へ、新兵衛は、平然として云った。

「逃げて行くあとを追えばよかろう。拷問をかけるより手っとり早い」

あごは月明の往還を、濡れたように濃いおのれの影法師を、ふみつけて、ひろって行く——。

まだ、いまわしい悪夢の中からのがれてはいない心地である。ただ、胸の奥まで、しみ入る夜気の甘さが、生きて自由となったよろこびとして感じられていた。

——奇蹟だ！

と、思う。

髪をおろした初老の婦人が、甲姫と由香の生母であることは、すでに知っていたことである。が、よもや、自分の救い神となろうとは、夢想だにしなかったところである。

——不可能が、こうして可能となった。

断じて、この地獄で生命をおとしてなるものか——と闘志の炎を絶やさずに、発狂一歩前の異常な忍耐をつづけて来てはいたのだったが、さりとて脱出の希望は皆無だったのだ。

あごは、空を仰いだ。

薄雲が流れ、月もまた流れていた。

——おれは生きているぞ！

あらためて、心で叫んでから、急に、四肢をひきしめた。

尾けられている直感が起った。

しかし、すぐに、あらたな力がよみがえって来た。

——尾けて来い！

今宵は、十三夜である。

毎月、この夜は、主君大和守と落合う場所がきめてあった。

——尾けて来い、おれの主人の強さをみせてやる！

昂然として、あごは、足をはやめた。

それから小半刻のち——。

あごが、すっと入って行ったのは、本所の、横川に架けられた法恩寺橋を渡って左へそれた出村町にある、小さな寺院であった。

境内をつききって、庫裏の置石をふんで行くと、そこの濡縁に、白い頭巾で顔をつつみ、白衣着流しの人が、あたかも、月の精のように、ひっそりと腰かけていた。

あごの胸中に、歓喜がおどった。

二間のてまえで、芝生へ、膝をついて、頭を垂れた。

「一生の不覚――おゆるし賜りますよう」

「捕えられて居ったか?」

さわやかな声は、余人のものではなかった。常とかわらず、松平千太郎のあかるい調子である。

「信義の烈士のなきがらと、同居つかまつりました」

「ご苦労だった」

ねぎらってから、千太郎は、目をあげた。

「今宵は、気のせいか、月の流れが早いようだ。これから起る地上の血しぶきをきらって、はやく去ろうというのかな」

千太郎は、すでに、境内のかなたに迫った敵の気配をさとっていたのである。

杉木立の中から、すすっ、すすっと、黒影が奔り出た。

「あご――」

「はい――」

「中に入って、横になったらどうだな」

千太郎が、うながした。

「殿、てまえも！」

「お前ほどの隼人が、尾けて来たあの連中をまくことができなかったのは、疲れている証拠だ。やすんで居れ」

「し、しかし――」

あごは、十数個の黒影が、遠まきに、円陣をとって、ひたひたと迫って来るのに、主君をすてて、しりぞくわくには、いかなかった。

「あごは、きかぬか」

「殿っ！」

「命令だ。……つまり、お前がいてもいなくても、べつにわたしの働きになんのかわりはないということだな。そうだとすれば、お前は骨折損のくたびれもうけ、ということになる。それよりも、中で、肱枕でもして、障子に穴をあけて、のぞいていたほうが、よかろう。こちらも、そのほうが、気楽だ」

「殿っ！　申しわけございませぬ！」

「なに、お前は、わたしに、ひと舞い、舞わせてくれようと思って、あの連中をつれて参ったのではないか。はははは」

あごは、千太郎を、伏し拝んでおいて、内部へ消えた。

もとより、横になどなれるものではなく、障子の隙間へ、必死の目をよせて、主君が危しとおぼえれば、猛然とうって出るかまえであった。

敵影は、すでに、二間まで、間隔をちぢめて来た。

悠揚の静止をたもっていた白装孤影は、やおら、腰をあげた。

円陣をしぼる攻撃者たちは、その出足を、ぴたっと停止した。

殺気を吸って、月明は、さらにいちだんと、冴えたかに思われた。

千太郎が、すべるように二歩出ると、正面の敵もまた二歩進んだ。

「かなわぬとさとったら、いさぎよく刀をすてい！　生命乞いには、慈悲をくれる！」

「それは、こちらのせりふとして返上させてもらうかな」

千太郎は、明るい口調でこたえてから、ずうっと一人一人へ、視線をまわした。

「手練者たちを、これだけ、よりすぐった。権力か金力か——いずれにしても敬意をはらっておこう」

「ふん！　おのれの腕をたのんでの、へらず口であろうが、笑止！」

「左様！　おたがいに生きているうちに、せいぜい、へらず口をたたいておこうではないか。つかいならした口だ。心のこりはないように使っておくことだ」

「斬れっ！」

下知とともに、十数本の白刃が、月光をはねて、ぴたっと、千太郎へ、切先をつらねた。

しかし、千太郎は、まだ、左手で鯉口をきったまま、抜かずに、

「どなたも、口を使わずに、刀を使うことに急いで居られる模様だな。……されば、剣法には、口も使うやりかたがある手本をしめそう。これを、すなわち君子の剣という」

と、云いはなった。

その語尾の消えぬうちに、

「やあっ！」

功をあせった一人の一撃が、夜気をうって来た。

しかし、千太郎は氷上を翻転する軽やかさで、これを、横にかわしておいて、

「剣法の極意は、禅門の祖たる三祖大師の信心銘に発し、これに帰す。……よって、信心銘をとなえつつ、おのおのがたを、あの世に送る。送られるのが、いやな御仁は、あ

とにしりぞいて、見物されていてよい」

と、云うやいなや、目もととまらぬ迅わざで、鞘走らせて、青眼にとった。

その静かな構えから、濛として燃えたつ剣気は、一瞬、刺客陣の息をひそませた。

数秒の沈黙をおいて――。

千太郎の口から、さわやかに冴えた調子で、信心銘の一句一句が送り出されはじめた。

「至道難なし、ただ棟択をきらう……ただ憎愛することなかれ、洞然として明白なり……」

ぱっと、一刀がひらめいた。

みずからのぞむがごとく、その胴を空けた敵は、虚空に絶鳴をとばして、だだっと泳いだ。

千太郎は、ひと薙ぎの剣を、もとの青眼にかえして、つぎの詞をつづける。

「毫釐も差あれば、天地はるかにへだたる……現前を得んと欲せば順逆を存することなかれ」

ぴゅっと、刃風が、袈裟がけに、宙を截って来た。

とみたせつな、千太郎の五体は、斜横に跳んでいた。

第二の犠牲者は、三歩よろめいて、がくりと膝を折り、顔面を青草にうずめた。

「違順あい争う、これを心病となす……玄旨を識らざれば、いたずらに念静に労す……」

きらっと、おどった白光が、地上三尺の空間を走った。

その一瞬、千太郎は、つばめのごとく自軀を宙のものにしていた。

第三の犠牲者は、この世の見おさめを、十三夜の月にえらんだごとく、仰向いて、ひくい呻きを発しつつ、徐々に、のけぞっていった。

# いけにえ

伊太吉は、途方もなくひろい大名屋敷の天井裏にひそんでいた。

われながら、よくぞ忍び込んだものだ、と思う。

――人間、必死になりゃ、なんでもできらあ。日蓮上人や太閤秀吉ばかりがえれえんじゃねえや。みろ！　おれだって、こうやって、人間わざじゃねえ芸当をやってのけているあ。

じぶんをおちつかせ、まだこれから、やっつけなければならぬはなれ業のために、伊太吉は、しきりに、胸のうちで、啖阿をきっていた。

これが、なんという大名のすみかであるかは、知らぬ。

ともかく、曲者どもにつかまった由香が、駕籠ではこび込まれたのである。

伊太吉としては、あとへ引くに引かれなかった。

——江戸っ子だぞ！　こん畜生っ！　大名がなんでえ。いちかばちか、やっつけろい！

——で伊太吉は、とうとう、天井裏へもぐったのだが……。

なにしろ、滅法やたらな広さなのである。

由香の姿をもとめて、見当もつけずうろつきまわっていたら幾日あっても足りないようであった。

といって、見当のつけようもないのである。心細いことおびただしかった。

——南無！

伊太吉は、ついに、両手をあわせた。

——観音さん、おれア、毎月、縁日には、浅草へ参詣して、十文ずつ、さしあげていることをご存知ですかい。お慈悲があったら、ひとつ、お嬢さまのとじこめられていなさる部屋の上へ、つれて行っておくんなさい。たのまあ。

祈って、しばらく、じっとしているうちに、

「伊太吉、戌亥の方角へ、匍って行け」

と、おつげをきいたような気がした。

——いぬいか。犬なら、觔って行くのはあたりめえだ。犬もあるけば棒にあたるだ。首尾よく、お嬢さまの部屋へ行けますように……これがあたったら、おさい銭を、二十文に値あげすらあ。

伊太吉は、およそ、二町も、音たてないように、全神経をくばりつつ、觔いすすんで行ったろうか。

ふいに——。

下で、

「はっはっはっ……そうか、それほど、似て居るか。めでたい。すぐに、きかえさせて、姫に化けさせい」

と、命じている声がひびいて来たので、

——なにをっ！

と、伊太吉は、四つンばいで、闇に目を剝いた。

そうっと——張りじまいの天井板を、ずらした伊太吉は、片目を寄せてみた。

上座についているのは、福々しい面貌をした白髪の老人であった。

へっ！　あくびするほど栄耀が足りてやがら。

思わず、伊太吉は、肚のうちで、うなった。

てらてらとひかった肌は、うす気味わるいくらいであった。手や膝は、中年の女のように、まるい柔かみをもっていたのである。

将軍家の生父一橋治済卿――この老人が、それであった。

その前に両手をつかえた侍臣は、

「おそれながら――」

由香と甲姫が瓜ふたつの事実に、満足した治済の面持を、怯ず怯ずと、うかがい見た。

「夕姫さまは、首尾よくおつれいたしましたが……実は甲姫さまの方を――」

「なに？　甲姫が、どうした？」

「突然……おん行方が――」

「姿をかくしたと申すのか？」

「必死に捜索いたして居りますが、いまだ――」

「たわけっ！」

その童顔が、こうも凄じい形相と化すものかと、天井裏の伊太吉は、呆気にとられたくらいである。

「血祭は、どうした？」

「はっ――」

「血祭は、わしに、それを報せにも参らずに、不埒者めが！　なんのために、彼奴に、あれだけの強大な、陰の力を駆使できるようにしてやってある？　……甲姫をのがして、も、もし万が一――」

そこまで云いかけて、急に、治済は、その憤怒の色を不安なものに代えた。

「あの屋敷から、甲姫をつれ出す大胆なしわざは、よほどの曲者と思える」

強大な権力を摑んでいる者は、それを失うまいとする不安もまた大きいのである。したがって、おのれに仇する者の有無に関しては、針鼠のように全神経を尖らせている。それが、ついにわが身を破滅させる悪夢のような疑心暗鬼を昂じせしめる結果をまねくのは、歴史上枚挙にいとまがないことである。

――いるぞ！　このわしに楯突こうといたして居る奴が！

治済は、かすかな身顫いをおぼえた。

──血祭め、強敵など居らぬ、とぬかし居ったが、わしの前をつくろうたにすぎぬ！　いる！　必ず、わしの権勢に嚙みつこうとしている身の程知らずの狂犬めが、そこいらにひそんで居る！

じっさい、治済は、そこの襖の蔭に、その敵が、目を光らせているような気がした。

由香は、この屋敷の奥まった座敷に、ひっそりと坐っていた。

猿ぐつわをはめられ、両手をしばられて、駕籠ではこばれて来たのだが、大きな正門の前に来ると、付添うた覆面の士が、たれをあげて、警備の士に、ひくくささやいて、通ったものだった。

その時、由香は、門扉に、家紋がうってないのを知った。ふつう、大名屋敷には、どこにも、門扉に、紋を入れている。

紋がないのは、御三家御三卿方の屋敷なのである。

これによって、由香は、およそ、この屋敷のあるじについて、想像がついていた。

笛ふき天狗が、云っていたことである。

「捕えられても、生命の危険はないはずだし、その場合は、決して逃走しようとくわだてず、おとなしく、なりゆきにまかせているがよろしい。味方の目は、どこかで、見まもっているると心得られていていいのです」

だから、由香は、無表情で、両手を膝に置いている。

——わたくしを救って下さるのが、主水さまであればいい。

そんな想いだけが、胸にある。

三四人の女中が、しずしずとあらわれた。

かしらだった女中が、

「ご入浴あそばして、おめしかえを——」

と、うながした。

由香は、すなおに立った。

浴室は、ひろく、贅をつくしたつくりであった。

由香は、浴槽の一隅に、そっと沈んで、まぶたをとじた。

主水の顔をはじめ、笛ふき天狗や、黒柳新兵衛や、小えんや伊太吉のすがたが脳裡をよぎっていった。

伊太吉は、じぶんが、ここへつれ込まれるのを見とどけてくれたはずである。

——主水さまに知らせてくれたかしら？

よもや、伊太吉が、すでに、この建物の天井裏に忍び入っていようとは、夢にも、気づかない由香であった。

と――、

杉戸が、がらっと開いた。

由香は、女中が入って来たのだと思って、ふりかえりもしなかった。

すると、

「からだを見せい」

その声が、かけられた。

ぎくっとなって由香は、頭をまわした。

童顔の老人が、戸口に、立って、平然と、こちらへ目をあてているのである。

息をのんで、きびしく咎める視線をかえすと、老人は、

「わしは、一橋治済じゃ。槽を出て、からだを見せい。吟味する」

と、かさねて云った。

「無礼でありましょう！」

由香は、目をいからして、にらみかえした。

「無礼！　この一橋治済が吟味するのが、無礼だと申すのか？」

「無礼です」

「ふん――」

あざわらったおごれる将軍家生父は、のそりと、浴室へふみこんだ。

「見せぬとあれば、わしの手で吟味してやる！」

うそぶいて、せまって行った。

由香は、屈辱と憤怒で、湯にひそめた裸身が、凍るような気がした。

由香は、前将軍家の息女とはいえ、一橋治済卿とは、血筋の上でうすいつながりでしかなかった。

前将軍家治（第十代）が天明六年に薨じ、家治の子家基もまたそれ以前安永八年に薨じていたので、やむなく、一橋治済の第四子豊千代が、世子となって、第十一代将軍家斉となったのである。

家治と治済は、いとこ同士であった。由香は、治済にとって、いとこの子であった。

この程度の姻戚関係は、もはや他人にひとしい。

わが娘ですらも、野望達成のためには、その意思をふみにじって、犠牲にする封建の時世である。

従一位にのぼり、儀同と称し、また穆翁と号し、いまや、驕傲の絶頂にある治済の目には、こんな小娘いっぴき、はずかしめることに、なんのためらいもなかった。

治済は、浴槽へあゆみ寄ると、うすら笑いをうかべて、

「ついでに、女にしてつかわそうかの」

と、云った。

由香はくびまで沈めて、両手でひしとわが胸をかき抱きながら、あらんかぎりの憎悪をこめて、にらみあげた。

ぶよぶよとふくらんだ老爺の手がのばされた。

とたん――。

「ふざけやがるないっ！」

のどをひき裂くような絶叫が、天井から降って来た。

「な、なにっ！」

「くそ爺いっ！　指一本でも、お嬢さまにふれてみやがれっ！　この天井から、庖丁が降るぞっ！」

伊太吉は、治済の振舞に、ついに、おのれの身の危険を忘れてしまったのである。短気を売物の江戸っ子としては、当然のことであった。

「おのれ、曲者！」

治済は、あわてふためいて、廊下へ走り出た。

「曲者じゃっ！　出あえっ！」

あらんかぎりの声で、治済は、よばわったが、あいにく、ここは大奥であった。男子禁制であった。

しかも――。

治済は、よく浴室にふみ込む悪い趣味をもっていて、この場合、他の女中たちが、遠ざけられてしまうのは、いうまでもないことだった。

「出あえ！　だ、だれか、居らぬかっ！」

治済は自業自得の恐怖におののきつつ皺のどをふりしぼった。

そのすきに――。

「お嬢さま、この間に、衣裳をつけておくんなさい。……あっしは、あの色きちがい爺とはちがいますぜ。目をつむってらあ。目を――」

天井裏から、伊太吉がせきたてた。

由香は、夢中で、浴槽をとび出して、化粧部屋へかけ入ると、すばやく、きものを身にまとってからまた浴室へもどって、

「伊太吉さん！　おにげなさい！」

と、さけんだ。

「心配しなさるこたアねえや。この建物は、女護ガ島じゃ、ござんせんか」

「いえ、すぐに、おもて屋敷から、家臣たちがかけつけて参ります。……おにげなさい！　わたくしのことは、心配ありません。主水さまにだけ、報せて下されば、よろしいのです。ぜひ報せて下さらなければなりませぬ！　はやく！はやく！」

「じゃ、お嬢さま――行きやすぜ」

「気をつけて――つかまらないように！」

由香は、両手をあわせた。

ようやく、おっとり刀の面々が、かけつけた時、由香は、すっかり、身じまいをととのえ終って、化粧部屋に、端坐していた。

治済は、いきなり、その白い頬へ、びしっと平手うちをくれた。

「きさまっ！　いつの間に、あの曲者をみちびき入れ居った？」

「……」

「何奴じゃ？　白状せい！　わしにたてつこうとして居る身の程知らずのたわけは、どこの何奴じゃ？」

治済は、逆上して、肥満したからだを、ぶるぶるとふるわせていた。

「白状せぬか！」

由香は、肩を蹴られて、花が散るように横臥しになったが、また、起き置って、膝へ両手を置いた。

「おのれ――虫も殺さぬつらをして居って、わざとつかまり居ったな！」

「……」

「きさまに入智恵し居った奴の名を白状せぬにおいては、死ぬほどの恥をさらすと覚悟せい！」

治済は、童顔を悪鬼と化して、喚いた。

どこをどうやって、のがれたか、のちになって、思い出そうとしても、皆目記憶にのこっていないくらいの無我夢中ぶりで、ついに、伊太吉は一橋邸から、ぬけ出していた。

庭園をつッ走った時、背中すれすれに白刃がふりおろされたことだけをおぼえている。

というのも、背筋に、氷柱をあてられたように冷たい感覚が、ずうっと、のこっていたからである。

高塀を越えると、そこは、大川に沿うた往還であった。

もののの半町も足を宙のものにして、飛んだろうか。

「待てっ！」

追手の叫びが、またうしろに迫るや、伊太吉は、袖を翅のようにひろげて、川面へ身をおどらせた。

高い水音に狼狽した面々は、

「とび込んだぞ！　舟だ！　舟はないかっ！」

「灯がいるぞ！」

「急げっ！」

と、口々に怒鳴りあった。

伊太吉は、魚をあつかう商売だけあって、水にも馴れていた。水底で、手ぎわよく着物をぬぎすてるや、いったん水面へ、仰向けた顔をのぞけて、たっぷり、夜気を吸い込むや、またぐうっともぐった。

どれくらいの潜行をやってのけたろう。

気が遠くなる寸前まで、四肢の屈伸をやってのけて、ぽかっと、浮びあがった。われながら、よくも泳いだと思われるくらい、岸辺は、遠くなっていた。

月明りに、右往左往している追手の群がのぞまれた。

「へっ——おととい来やがれ、だ」

ちょうど、おりよく、一艘の屋形船が、ゆっくりと、のぼって来ていた。

屋形の中から冴えた横笛の音が、りょうりょうと、流れ出ていた。

伊太吉は水音をたてないようにして、泳ぎよると、そっと、片手を、船梁へかけた。

いい音をたてやがる。

おちつくために、笛の音へ、耳をかたむけて、伊太吉は、にやっとした。

岸辺の面々は、どうやら、あきらめたらしく、ひきあげてゆく様子であった。

舟の行手に、永代橋が、大きく、黒い虹を横たえていた。

「旦那――」

船頭が、笛の主へ、声をかけた。

「どちらへおつけいたしましょう?」

しかし、笛の音は、止まなかった。

止まったのは、橋下の暗闇に入った時であった。

障子を、さらっと開いて、

「おい、そこの河童」

と、呼んだのである。

――いけねえ!

伊太吉は、ずぶっと、頭を沈めた。

「かくれないでもいいぜ、兄哥」

障子のかげで、笑った顔は、笛ふき天狗のものであった。

その左頬には、朱の横笛が灯影の中に、くっきりと浮いている。

伊太吉はそうっと、首を出して、

「お前さんは?」

「江戸っ子だ」

明快なこたえだった。

「なるほど——」

伊太吉は、にやっとした。

「上らせてもらえるんでござんすねえ」

「ああ、遠慮しないことだ」

伊太吉は、両腕に力をこめてからだをつりあげ、こらさと、甯いあがった。

とたんに大きなくさめが出た。舟は、橋をくぐって、また月の下へ出ていた。

ギイ……

ギイ……

艣のきしりが高くひびくのは、もう夜が更けている証拠である。

伊太吉は、船頭から借りた手拭いで、からだをふいて屋形の中に入ると、神妙にかしこまって、

「お世話になりやす」

と、ぺこりと頭を下げた。

それから、ひょいと、視線をあげて、相手を見たとたん、

――おや？

と、いぶかしげに、首をひねった。

「どうしなすった？」

「へえ――」

伊太吉は、まじまじと見つめて、

「どこかで、お前さんには、会ったような気がするんでござんすが……」

「わたしの顔は、どこにでもころがっている顔なので、よく見まちがえられるものだから、こうしていれずみをしてある」

笛ふき天狗は、そう云って、笑った。

「いいや、そうじゃねえ。お前さんほどの男前は、ざらには、ころがっちゃいねえや。……たしかに、どこかで会ったんだ。失礼でござんすが、ご商売は？」

「泥棒さ」

平然として、こたえたのである。

「え、なんですって？」

「盗っ人さ。ただし、大名屋敷が、専門でね。これから、どこの大名屋敷へ忍び込もうかと、思案中だったのさ」

笛ふき天狗は、冗談とも本気ともつかずに云ってから、盃を、伊太吉へさし出した。

「お前さんの方の稼業は？」

「板前でさあ」

「料理する魚をつかまえに、川へとび込んだというわけか」

伊太吉はそのしゃれをきいて、気楽になった。

「なアに、あっしの方が、料理されようとしたんで、魚に、たすけをもとめたんでさ」

「ほう――」

笛ふき天狗は、おっとりと笑ってみせた。

「どこの何者に料理されようとしたんだね？」

伊太吉は、ちょっと目を光らせたが、

「お前さん信用のおける人かい？　盗っ人に、こんなことをきくのは、妙なものだが――」

「たしかに妙なものだな」

「どうなんだ?」

「当人は、信用してもらっていい、と思っている」

「そうか、江戸っ子の一言だ。さむれえの金打よりたしかだなあ。信用すらあ」

「うむ。きこう」

「きいたからにゃ、ひとつ、たのみがあるんだぜ」

「よかろう」

「天下の一大事だぜ。肚をきめてもらいてえ」

そう云ったとたん、伊太吉は、またひとつ、はっくしょい、とくさめをした。

笛ふき天狗は、片隅に置いてあった風呂敷包みをひきよせると、ひらいて、ひとそろいの衣服をとり出した。

それは立派な熨斗目の紋服であった。帯は、献上博多であった。

「これをきるがいい」

「へっ。お前さん、こいつを、どこかの大名屋敷で盗んで来たってわけか。ごうぎじゃねえか」

伊太吉は、目をまるくした。

「お殿様のきものをきるたあ、夢にも思わなかった」

まとってみて、両袖を、ぴんと張り、

「どうだい、馬子にも衣裳というからにゃ、万石とはいかねえだろうが、千石取りぐれえにゃ見えるかい？」

「見えるとも。十五万石に見える」

「へっ、おだてるねえ」

伊太吉は、つるんと顔をひとなでしてから、

「さて、そもそも――そもそもとくらあ」

と、語り出した。

笛ふき天狗は、由香が、一橋屋敷へつれ込まれた経緯をきくや、伊太吉の目にとまらぬ程度に、微妙な緊張の色を、おもてに刷いた。

――いよいよ、正面衝突することになるか！

その覚悟が、肚にすわった。

「……というわけでな、おいら、もう一度、その屋敷へのりこんで、お嬢さまを救い出さなけりゃならねえんだ。本当だぜ。こんどこそは、一尺だってあとへ引かねえやな。

……お前さんに手つだってもらいてえのは、そのことだ」

伊太吉は、じっと、笛ふき天狗を見すえて、

「どうだい。片棒かついでおくんなさるか？」

と、問うた。

笛ふき天狗は、横笛をもてあそびながら、

「むつかしい相談だが……」

と微笑していた。

「いやだと云いなさるのか。だから、あっしは、話す前に、肚をきめてもらいてえ、と
ことわったはずだぜ」

「……」

笛ふき天狗は、わざとこたえずに、微笑をつづけている。

「いやなら、しいては、たのまねえ」

気短かに、伊太吉は、もう、こめかみに、青筋を走らせていた。

「あっしには、たのむお人がいるんだ」

「どなただね？」

「きらら主水って、滅法に強いお人なんだ」

「なるほど――」

「おや？　お前さん、きらら旦那を知っているってえ、顔つきだぜ」

伊太吉は、敏感に、目を光らせた。

「知らぬわけじゃない。尤も、目下は、あまり、親しく口をきく間柄じゃないが……いずれは、同じ舞台でおどることになるかも知れないがね」

謎めいた言葉を、天狗は、ふっと、もらした。

伊太吉の方は、舞台という一句をきいて、はっと、ひとつの記憶をよみがえらせた。

「こいつは、奇妙だ」

伊太吉は、腕を組んで、あらためて、穴があく程、天狗を、見まもった。

「なんだね？」

「思い出したぜ。あっしは、たしかに、お前さんに会ったぜ」

「どこでだね」

「市村座だ」

「……」

「お前さんは、そうだ、このきものをつけて——」

と、自分が借りている熨斗目の紋服をひっぱってみせた。

「途方もねえ頑固な爺さんをつれていなさったろう」

「……」

天狗は、こたえなかった。平然たる態度に変りはなく、それがどうした、という明るい表情である。

「まさか、お前さんが、ほんもののお大名だとは思わねえが、いってえ、なんのために、化けていたんだか、こいつは、ちょいと気になることだぜ」

「……」

「大泥棒というやつは、化けるにしても、ケチなしろものは、面白くねえ、というわけですかい」

結局、伊太吉の疑問に、笛ふき天狗が、なんの返辞も与えぬうちに、屋形船は、元柳橋をくぐり、薬研堀へ入って、とある石垣へ着けられていた。

豆しぼりで、盗っ人かぶりをした天狗は、

「伊太吉さん。よかったら、そこいらの小料理屋で、いっぱい、つきあおうか」

と、云った。

「そんなひまはねえや。あっしは、きらら主水の旦那を捜さなくちゃならねえんだ……このきもののとどけ場所を教えておいてくれりゃ、まちがいなくおかえししますぜ」

「質屋へでも入れておいてもらおうか」

「へへえ。どうせ、盗んだしろものだからな、気前がいいや」

石段を上って、米沢町の町屋通りを歩きかけたおり——。

急に、天狗が、

「伊太吉さん、まっすぐに、突ッ走るがいい」

と、ささやいた。

「な、なんでえ？」

とっさに、ぐるっと見わたした伊太吉は、どこにもそれらしい人影をみとめなかった。

「だれも、いねえじゃねえか」

「十間も走って、ふりかえってみるといい」

「おどかすねえ」

「早くすることだ。こっちも、べつに、襲われるのが、うれしいわけじゃない」

天狗は、伊太吉の背中を、ぽんとたたいた。

はずみで伊太吉は、ぱっと駆け出した。

二十歩あまり遠ざかって、ひょいと、首をまわしてみると、笛ふき天狗にむかって、すでに、数名の黒影が白刃をそろえていたのである。

往還を占めて動かぬ天狗の立像は、殺気をはねかえす鋭い気魄に満ちたものだった。

つと——。

雪駄を鳴らして、橋を渡って来た者が、天狗の背後へ立って、

「おぬしらは、引けい！」

襲撃者たちへ、声をかけた。

黒柳新兵衛であった。

ここで、ことわっておかなければならないのは、この連中は、一橋屋敷から伊太吉を追って出た面々とは別行動をとって、屋形船を追っていたことである。

彼らは屋形船から流れ出る笛の音を、通りかかった永代橋上でききつけて、

——すわっ、彼奴！

と、色めきたって、岸辺を奔り、それが着くのを待っていたのであった。

血祭組一統は、かつて、相馬修之進の邸内で、笛ふき天狗から、さんざん手ひどい目に遭っていたし、またその巣窟たる空屋敷から小えんを奪いさられていた。そのたびに、彼らがきかされたのが、笛の音だったのである。

血祭組が、何かを画策し、その行動を起した時、それを粉砕する予告として、あるいは粉砕した勝利のしるしとして、どこからともなく笛の音がひびいたことは、すでに、これまで、十数度をかぞえる。

いわば血祭組にとって、目下、一番不気味な敵は、この笛ふき天狗であった。

「ふむ!」

黒柳新兵衛は、商家の天水桶を背にして立った天狗を、じっと見すえて、

「できそうだな。もしかすれば、きらら主水よりも強い」

と、つぶやいた。

天狗は、無手で、平然として、新兵衛の迫るのを待っていたのである。これは、よほど度胸がある証拠であったし、無謀ともいえた。

距離を一間にちぢめて、新兵衛は、

「笛ふき天狗と称しているそうだが……、貴様、ただの盗賊ではあるまい」

と、きめつけた。

「ご想像におまかせしよう」

「昨夜、長あごの男が逃げ込んだ出村町の古寺で、七人を斬った白装の武士と、同一人と読んだが、どうだ?」

「さあ——」

手拭いのかげで、笑ってみせた。新兵衛は、つと、一歩をふみ出した。

月明に嚙みあった四つの目は、濛たる敵意の炎を燃えあがらせた。

他の覆面者たちは、かたずをのんで、その対峙を見まもった。

いずれの耳にも、じーんと、耳鳴りするばかりの寂莫が、ものの、数秒もつづいたろうか。

「……むっ!」

叫びとならぬひくい声へ、懸声以上の凄じい気合を噴きこめた新兵衛が、夜目にとらえがたい迅業で、抜き討った。

同時に——。

笛ふき天狗の五体は、さながらつばさのあるごとく、宙のものとなっていた。

天狗――まさしく、それであった。

その両手は、商家の軒の垂木をつかんで、こうもりのようにつりさがったとみるや、ひらっと一廻転して軒の上へ立っていたのである。

唖然としたことであった。

「うぬがっ！」

仕損じたくやしさと憤りで、新兵衛は全身を烈火として、

「逃げるかっ！」

「逃げるとも――」

天狗は、しろじろと、月光をあびた顔をほころばせて、明るい声音で云ったものである。

「逃げる前に、一曲きかせようか、黒柳新兵衛」

――おれの名を知っているこやつは、いったい、何者か？

新兵衛は、一瞬背すじに悪寒をおぼえた。

他の者たちは、

「そちらへまわれ！」

「梯子はないか」

「町方に加勢を命じた方がいいぞ！」

などと、口々に叫んで、それぞれ行動を起していた。

じっと動かずに立っているのは笛ふき天狗と新兵衛だけであった。

突然、新丘衛が、

「負けた！」

ぽそりと云いすてて、刀を鞘におさめた。

鍔鳴りをききながら、天狗が白い歯をみせて、

「黒柳新兵衛、一酌の酒に、その剣を売るのは止した方がいいな」

「……」

「のぞみとあれば、わたしの方でおぬし一生飲むにこと欠かぬ酒を送りとどけてもいいぞ。こちらは、それを恩にきせるようなケチな了簡はない。ただ、その天賦の腕前が、邪悪の道具となるのを惜しむ」

「……」

「では、いずれ、後日――」

天狗は、悠々と、あるき出していた。

新兵衛は黙然として、見おくっているうちに、猛然たる反撥をおぼえた。

――小ざかくしも、説教しおった！　この黒柳新兵衛にむかってだ！

腰の豪剣が、血に飢えて、啾々として泣くような気がした。

事実、新兵衛のその姿は、何も知らぬ他人の目には、幽鬼とも映ったろう。

「ええいっ！」

烈火の懸声もろとも、新兵衛の隻腕が舞った。

新兵衛の身が、つと、そこからはなれるや、商家の掛看板が、ふわっとふたつにわれて、地に落ちた。

桧の一寸板は、みごとに、縦に両断されていたのである。

蹌踉たる足どりで、両国広小路へ出た新兵衛は、どこからともなくつたわって来る笛に、

「うぬ！」

と、歯をくいしばった。

ちょうど、そこへ、夜明しの屋台を曳いた親爺が通りかかって、

「旦那、いっぱい、いかがです？」

と、すすめた。

無言で寄って、新兵衛は、茶碗酒を五、六杯ひっかけた。

そして、金も払わず、離れ去ろうとしたので、あわてて、追いかけた親爺は、きらっときらめいた白光に、おのれが斬られたとも知らずに、立ちすくんだ。

どうっ、と音をたてて、親爺が地に伏した時、新兵衛の孤影は、もう二間むこうにあった。

本作品中に差別的ともとられかねない表現が見られますが、著者がすでに故人であることと作品の文学性・芸術性に鑑み、原文のままとしました。

（春陽堂書店編集部）

春陽文庫

# 血汐笛《ちしおぶえ》　上巻《じようかん》

2023年1月31日　新版改訂版第1刷　発行

著者　柴田錬三郎
発行者　伊藤良則
発行所　株式会社　春陽堂書店
〒一〇四―〇〇六一
東京都中央区銀座三―一〇―九
KEC銀座ビル
電話〇三（六二六四）〇八五五（代）
印刷・製本　株式会社　加藤文明社


ISBN978-4-394-90436-6 C0193